백 년을 함께한 친구

나무

백 년을 함께한 친구

나무

이순원 성장소설

놀

나무를 사랑하고,
나무를 친구로 여기는 모든 사람들에게
이 책을 바칩니다.

차 례

"나는 백 년을 산 나무.
당신에게 들려주고 싶은 이야기가 있어요."

눈 속의 두 나무

    눈이 소록소록 내리는 밤이었다. 어제 아침부터 내리기 시작한 눈은 이미 허벅지 높이까지 쌓였다. 낮에 허기를 견디다 못한 노루 두 마리가 눈 위에 배를 쓸며 마을로 내려왔다.

    그런 눈 속에 어느 집 밤나무 두 그루가 부스스 잠에서 깨어났다. 한 나무는 어른 두 사람이 마주 잡아야 겨우 안을 수 있을 만큼 크고 늙은 나무였고, 또 한 나무는 이제 밑동이 엄지손가락만 하게 자란 어린 나무였다.

    "할아버지, 주무시나요?"

    "아니, 너는 왜 안 자고 일어났느냐?"

    이들이 처음 잠에서 깨어난 것은 며칠 전 바람이 몹시 불던 날 밤이었다. 바람이 어찌나 세게 불던지 가지 끝이 다 부러져 나가는

것 같았다. 전깃줄마저 끊어진 그날 저녁, 이 집의 나이 든 주인 내외는 아주 오랜만에 촛불을 밝혔다. 그러다 밤이 깊어 한순간 몰아치는 바람에 마당 가의 감나무가 악, 하고 비명을 질렀다. 아침에 보니 부러진 가지는 마당 한쪽에 맥없이 늘어져 있었다. 길게 찢어진 곳의 상처가 종잇장처럼 차갑게 드러나 보였다.

다시 봄까지 깊은 잠을 자야 하는데, 이번엔 이틀째 쉬지 않고 내리는 눈 속에 저절로 눈이 떠지고 말았다.

"잠이 안 와요."

작은나무의 목소리에 두려움이 매달려 있었다.

"그건 우리같이 늙은 나무들이나 하는 소리지. 너희들은 겨울에 잠을 충분히 자야 키도 쑥쑥 자라고 몸통도 굵어진단다."

"눈 때문인가 봐요. 어깨가 눌려 일어나 보니 이렇게나 많이 내렸어요."

"하루만 더 이렇게 내리면 세상이 온통 눈 속에 파묻히고 말 텐데 걱정이구나."

큰나무의 목소리에도 지금 내린 눈만큼이나 깊은 걱정이 스며 있었다.

"그러면 저처럼 작은 나무는 숨이 막혀 죽을 거예요."

"너한테까지야 그럴 일은 없겠지만, 눈은 언제나 우리 나무의 몸을 상하게 하지."

작은나무가 보기에 산처럼 우뚝 서 있는 할아버지나무의 모습은 온통 그런 시간과 자연의 상처들로 얼룩져 있었다. 할아버지의 몸 밑동 한쪽은 이미 오랜 세월 속에 조금씩 썩어 들어가고 있었다. 등도 갈라진 바위의 표면만큼이나 험하고 두꺼웠다. 그 껍질 위에 이끼가 끼고, 영지와 운지 같은 버섯들이 두꺼운 부채처럼 매달려 자라고 있었다.

밑동에서 위로 조금만 더 올라가면 몸통 이곳저곳에 여러 개의 구멍이 뚫려 있었다. 처음엔 딱따구리 한 쌍이 와서 구멍을 파고 살았다. 그러다 구멍의 수가 늘어나고 속이 넓어지자, 한때는 직박구리 대여섯 쌍이 스무 마리도 넘는 새끼를 치며 무리 지어 살기도 했다. 지금도 열 마리가 넘는 다람쥐가 이 구멍 저 구멍을 통해 들어와 할아버지의 몸속에서 겨울을 나고 있었다.

해마다 내리는 눈에 가지도 여러 개 부러졌다. 어떤 해에는 사람 다리보다 굵은 가지가 눈의 무게를 이겨 내지 못하고 그대로 주저앉기도 했다. 그런데도 할아버지의 몸은 한겨울에도 시들지 않는 풀처럼 푸릇푸릇한 기운이 돌았다. 그것은 열 무더기도 넘는 겨우살이가 할아버지의 몸 이곳저곳에 뿌리를 내린 채 자신의 삶을 의지하고 있기 때문이었다. 그 모든 것이 할아버지나무가 살아온 오랜 세월의 상처 같기도 하고, 그런 시간을 헤쳐 나온 영광의 훈장 같기도 했다. 그런데도 할아버지나무는 가을마다 여전히 많은 밤을 발밑에 떨어뜨렸다.

스스로 싹을 틔운 작은나무

작은나무가 듣기로 할아버지나무의 나이는 백 살쯤이나 된다고
했다.

작년에 작은나무는 태어나 처음으로 꽃이라는 걸 피워 보았다.
그때 할아버지나무는 작은나무에게 이제 너는 일곱 살이라고 정확
한 나이를 가르쳐 주었다.

"너는 다른 곳에서 묘목으로 자라 이곳에 옮겨 온 것이 아니라
그 자리에서 네 스스로 싹을 틔우고 나왔단다."

작은나무는 그것이 왠지 나무로서 매우 자랑스러운 일인 것 같
아 막대 모양의 노란 꽃을 흔들어 보였다.

"저는 할아버지의 몸에서 나왔나요?"

"거슬러 올라가면 그렇기도 하지. 그렇지만 네 싹이 나온 밤이

내 몸에서 나온 것은 아니란다."

"저는 할아버지 옆에 있어서 그런 줄 알았어요."

"지금 네가 선 곳은 원래 다른 나무가 서 있던 자리란다. 너와 나 사이에 나무가 또 하나 있었던 거야."

"할아버지와 저 사이에요?"

작은나무는 모든 것이 궁금해지고 말았다.

"너에게는 아비가 되고, 나에게는 아들이 되는 나무가 있었단다. 이십 년 전쯤, 내 몸에서 떨어진 밤 하나가 그쪽으로 굴러가 작은 구멍 안으로 쏙 들어갔지. 이듬해 봄에 거기에서 싹이 나온 거야. 나하고 어느 정도 떨어져 그 나무는 혼자 햇볕을 받으며 자랄 수 있었단다. 너는 그 나무에서 떨어진 밤에서 새로 싹을 낸 거고."

"지금은 왜 그 나무가 없나요?"

"네가 세상 밖으로 나올 준비를 하던 해 겨울, 아주 많은 눈이 내렸단다. 밤마다 이 산 저 산에서 아름드리나무들이 눈 무게를 못 이겨 딱, 딱, 부러지는 소리가 대포 소리처럼 울려 퍼졌단다. 이 골 안의 나무들에게는 참으로 공포스러운 시간이었지. 사흘 동안 쉬지 않고 내린 눈에 네 아비도 크게 몸을 상했단다. 몸통이 찢어진 탓에 네 아비는 베이고, 그 옆에 네가 새로 싹을 내밀고 나왔던 거야."

"아……."

작은나무는 저도 모르게 신음 소리를 냈다.

"우리 나무들도 이 세상에 오고 가는 중에 네 아비와 나처럼 금방 헤어지기도 하고, 너와 나처럼 그 자리에 새 인연으로 만나기도 하는 거란다. 그러니 너는 먼저 그 자리에 섰던 아비의 몫까지 합쳐 다른 나무들보다 더 씩씩하고 반듯하게 자라야 하는 거야. 모든 눈과 바람을 이겨 내면서 말이다."

"저도 꼭 그러고 싶어요."

작은나무는 작년에 처음 피운 꽃 끝에 훈장처럼 작은 밤송이 세 개를 매달아 보았다. 마음 같아서는 그것들을 모두 가을까지 가져가 굵은 알밤으로 여물게 하고 싶었지만 그러지 못했다.

두 개는 여름 태풍에 미처 간수할 사이도 없이 떨어져 나갔다. 마지막 남은 하나도 가을이 오기 전 붉은빛을 띠며 시름시름 앓더니 맥없이 땅에 떨어지고 말았다. 작은나무는 처음으로 슬픈 감정을 느꼈다.

그때에도 할아버지나무는 이렇게 위로했다.

"얘야, 첫해의 꽃으로 열매를 맺는 나무는 없다. 그건 나무가 아니라 한 해를 살다 가는 풀들의 세상에서나 있는 일이란다."

그래도 작은나무로서는 마음 아픈 일이었다. 하지만 소중한 경험이고 추억이었다. 지난해 작은나무는 태어나 처음으로 자신의 꽃으로 날아와 잉잉거리는 벌의 날갯짓 소리를 들었다. 귀를 간질이고 마음을 간질이는 소리였다.

눈은 아침까지도 지치지 않고 내렸다.

눈 속에 다시 노루 두 마리가 먹이를 구하러 산 아래로 내려왔다. 밤나무가 서 있는 곳은 울타리도 없는 이 집의 부엌 바깥쪽이었다. 예전에는 그곳에 겨우내 아궁이 네 개를 때고도 남을 만큼 커다란 나뭇가리가 있었다. 지금은 이따금 군불을 넣는 사랑 헛부엌 말고는 나무를 때지 않았다.

부엌 뒤쪽 처마 아래에 무청 시래기 몇 다발이 걸려 있었다. 작은 나무가 보기에도 온몸에 눈을 묻히고 마을까지 내려온 노루의 사정이 딱해 보였다. 아버지나무가 몸이 상했던 해 겨울에도 이렇게 많은 눈이 내렸던 것일까.

쉬지 않고 내리는 눈에 작은나무가 겁을 내자 할아버지나무는 이렇게 말했다.

"두려워하지 마라. 우리는 똑같이 이 자리에 서 있어도 아주 다른 점이 하나 있단다."

"저는 할아버지 몸에 난 아주 작은 가지보다 더 작아요."

"그건 차이랄 것도 없는 거란다. 더 큰 차이는, 나는 누군가 땅에 심어서 싹이 난 나무고, 너는 스스로 싹을 틔운 나무라는 게야."

"저는 그게 어떻게 다른지 모르겠어요."

"네가 나보다 작기는 해도 훨씬 더 강하고 자랑스러운 모습으로 그 자리에 서 있다는 뜻이지."

할아버지나무의 말은 거기에서 그쳤다. 그리고 작은나무가 무얼 더 물을 사이도 없이 "어린 나무일수록 겨울잠을 놓치면 안 되는 법이란다. 그러니 얼른 눈을 붙이려무나" 하고는 먼저 지그시 눈을 감아 버렸다.

아침이 되어도 눈은 조금도 줄어들지 않았다. 할아버지나무의 팔과 어깨에도 말할 수 없을 만큼 많은 눈이 쌓여 갔다. 저쪽에 가지 많은 앵두나무는 몸을 가누지 못할 정도로 눈에 푹 파묻혀 있었다.

여기저기에 쌓인 눈을 바라보다가 작은나무는 다시 할아버지나무를 불렀다.

"왜 안 자고?"

할아버지나무도 밤새 잠들지 못한 것 같았다.

"눈이 그치는 걸 보고 자려고요."

"너는 조금도 불안할 게 없대도 그러는구나. 지금 네 몸은 우리 나무의 일생 중에서도 가장 가볍고 탄력이 좋을 때란다. 눈이 네 키보다 많이 와도 잠시 휘기만 할 뿐 아무 일 없을 게야."

"이제 그 걱정은 안 해요. 그런데 또 하나 물어보고 싶은 게 있어요."

"무얼?"

"어제 그러셨잖아요. 할아버지는 누군가 심어서 싹이 난 나무고,

저는 스스로 싹을 틔운 나무라고. 그럼 할아버지를 이곳에 심은 사람은 어떤 사람이었나요?"

할아버지나무의 머리 위에 쌓였던 눈 한 뭉치가 푸르르, 아래로 떨어졌다. 그 소리에 처마 밑 무청에 매달려 있던 노루가 놀란 얼굴로 이쪽을 돌아보며 귀를 쫑긋 세웠다.

"할아버지 발밑에 수북하게 밤이 떨어지던 지난가을부터 그게 항상 궁금했어요. 사람이 사는 집 안팎엔 가시가 있는 나무를 잘 심지 않잖아요. 그런데 어떻게 우리처럼 가시가 많은 나무를 부엌 바로 뒤에 심었을까요?"

"그렇게 된 데는 다 사연이 있지."

할아버지나무는 자신이 나무가 되기 전, 그저 밤 한 톨이었던 때의 이야기를 작은나무에게 들려주었다.

"애야, 옛날에 말이다."

나무 심는 어린 신랑

열세 살에 결혼한 어린 신랑이 있었다. 그가 일찍 결혼을 한 것은 집안이 매우 가난한 데다 아버지마저 병이 들어 일찍 살림을 맡아야 했기 때문이다. 신부는 신랑보다 한 살 어린 열두 살이었다.

물려받은 논밭은 없었다. 오래전에 나무를 베어 낸 커다란 민둥산 하나가 남은 재산의 전부였다. 거기 밤나무 몇 그루가 서 있었다. 엎친 데 덮친 격으로 그해 가을에 흉년이 들었다. 그나마 다행으로 들농사는 흉년인데 산에서 자란 밤은 알이 굵었다.

어린 신랑은 어린 신부와 함께 그 산에서 밤 일곱 말을 주웠다. 모든 물건값이 쌀로 계산되거나, 쌀값에 견주어 정해질 만큼 쌀이 귀하던 시절이었다. 그런데도 밤값은 늘 쌀값을 웃돌았다.

"여보, 우리 이 밤을 팔아 쌀을 사요."

어린 신부가 말했다.

"안 돼. 그럴 수 없어."

"그럼 쌀보다 더 많이 살 수 있는 콩과 보리, 감자, 옥수수를 사요."

"그것도 안 돼."

어린 신랑은 밤 일곱 말 가운데 벌레가 먹거나 알이 자잘한 것 두 말을 따로 골라내 신부에게 주었다.

"이걸 다른 식량으로 바꿔요. 콩과 보리로 바꾸든, 양이 더 많은 옥수수로 바꾸든."

"나머지는 어쩌려고요?"

"그건 봄까지 두고 보면 알 테니 너무 궁금해 말고."

"그래도 얘기해 줘요. 무엇에 쓸 건지."

"다른 사람들 눈에 아무리 어려도 우리가 결혼을 했으니 이제 우리 힘으로 살아가야 해. 나는 지금 이 밤을 가지고 우리 스스로 잘 살아갈 궁리를 하고 있는 거야."

어린 신랑은 아무도 건드리지 못하게 부엌 바닥을 파고, 그곳에 밤 다섯 말을 묻었다. 식량이 부족한 채로 겨울을 보내니 어린 신랑도, 어린 신부도 배가 고팠다.

"여보, 이제 그만 우리 저 밤을 꺼내 팔아요."

어린 신부가 신랑에게 매달렸다. 신랑은 들은 척도 하지 않았다.

"내년부터는 주운 밤을 모두 먹거나 팔아도 괜찮아. 그러나 올해 주운 저 밤만은 안 돼."

신부는 신랑의 마음을 도통 알 수 없었다. 겨울이 다 가기 전에 식량이 떨어졌다. 두 사람은 가을에 밤과 함께 주워 온 도토리를 물에 불려 삶아 먹었다. 언 땅을 헤치고 냉이뿌리와 칡뿌리를 파 먹을지언정 부엌 바닥에 묻어 놓은 밤만은 건드리지 않았다.

이윽고 봄이 왔다.

봄비가 내려 온 산의 흙이 밭 흙처럼 촉촉하게 젖었다. 신랑은 지난가을 부엌 바닥에 묻어 두었던 밤 다섯 말을 꺼냈다. 그리고 겨우내 종자로 쓸 수 없게 된 것 몇 되를 골라내고 나머지는 커다란 함지에 담아 물에 불렸다.

비가 그치자 어린 신랑은 신부를 데리고 오래전 나무를 베어 버린 민둥산에 밤을 심으러 갔다. 두 사람은 다람쥐나 청설모 같은 산짐승이 파내 먹지 못하게 조금 깊게 구덩이를 파고 정성껏 밤을 묻어 나갔다.

놀란 건 신부가 아니라 동네 사람들이었다. 겨울은 어찌어찌 났다 해도 일 년 중 양식이 가장 귀한 봄철이었다. 동네 사람들은 끼니도 제대로 챙겨 먹지 못하면서 민둥산에 밤 다섯 말을 심는 어린 신랑을 비웃었다.

일 년이 지나고 이 년이 지날 때에도 동네 사람들은 어린 신랑을 비웃으며 이렇게 물었다.

"여보게, 새신랑. 그래, 작년에 심은 밤은 많이 땄는가?"

"아니요. 그렇지만 언젠가는 딸 날이 있겠지요."

"자네는 작년 같은 흉년에 밤 다섯 말을 그냥 내버린 것이 아깝지도 않은가?"

"아깝지요. 그래서 먹지 못하고 땅에 심었지요."

"여보게, 나 같으면 그냥 먹고 말았겠네."

"먹었다면 벌써 거름이 되고 말았겠지요."

"그렇다 해도 자네, 너무 철없는 짓을 했네."

오 년이 지날 때에도 동네 사람들은 놀리듯 이렇게 물었다.

"여보게, 그 산에서 밤을 땄는가?"

"아니요. 그렇지만 세월이 지나다 보면 언젠가는 딸 날이 있겠지요."

"글쎄, 그럴 날이 있을까?"

"있겠지요."

"그러면 자네 앞에서 내 손에 장을 지져 보이겠는데 말이야. 밤을 따면 지체 말고 기별하게. 내 손에 꼭 장을 지져 보일 테니."

십 년이 되었을 때 비로소 동네 사람들이 놀라기 시작했다. 민둥산을 가득 채운 어린 밤나무에 밤송이가 달리기 시작했다. 동네

사람들은 예전에 자신이 어린 신랑을 놀리며 했던 말을 부끄러워
했다.

그러나 그것은 아주 작은 시작에 불과했다. 나무를 심은 지 이십
년이 지나고 삼십 년이 지나자 매년 그 산의 밤농사만으로도 그 동
네 가장 큰 부잣집의 일 년 농사보다 더 큰 수확을 올렸다.

그러는 동안 어린 신랑도 자기가 심은 나무와 함께 조금씩 나이
를 먹어 갔다.

밤나무를 왜 부엌 바깥에 심었을까

"그때 그 어린 신랑이 할아버지를 이 자리에 심었나요?"

"그렇지. 지금 이 집 주인의 아버지인데, 그 사람이 나무를 심어 집안을 일으켰던 거란다."

키 높이의 무청을 입으로 모두 뜯어낸 다음에도 노루 두 마리는 할아버지나무의 말에 귀를 기울이듯 아직 처마 밑에서 눈을 피하고 있었다.

"오래전에 세상을 떠났지만 마음은 아직 마당 가의 나무들과 함께 이 집 곳곳에 남아 있는 사람이란다. 여기 내 가슴 안에도 남아 있고."

"할아버지 가슴에요?"

"나무도 나이를 먹으면 자꾸 생각이 많아진단다. 내가 나무로서 그 사람을 특별하게 여기는 것은 그 사람이 흉년에도 나를 먹지 않고 땅에 심어 주었기 때문에 그러는 것만은 아니야."

"그런데 이해가 안 가는 게 있어요. 그때 그 사람이 다른 밤은 다 산에 심었는데, 왜 할아버지만 이곳 부엌 바깥에 심었던 거예요?"

"거기에도 네가 모르는 사연이 있지."

어린 신랑과 어린 신부는 이틀 동안이나 밤을 심었다.

둘째 날, 밤을 다 심고 집으로 돌아왔을 때였다. 아침에 밤을 담아 갔던 소쿠리 한 귀퉁이에 작은 감자만큼이나 굵은 밤 한 톨이 남아 있었다. 그걸 먼저 발견한 것은 신부였다.

"어, 여기 밤이 하나 큰 게 남아 있네."

어린 신부는 얼른 밤을 집어 신랑에게 주었다. 신랑은 밤을 손바닥 위에 놓고 이리저리 살펴보았다.

"하루 종일 밤을 만졌지만 이만큼 크고 예쁜 밤은 못 봤네."

"그렇지요?"

"이건 당신이 먹어."

신랑은 도로 신부의 손바닥 위에 밤을 올려놓아 주었다.

"왜요?"

"지난겨울, 부엌 바닥에 밤을 묻어 놓고 다른 양식을 구하느라 당신이 애를 많이 썼잖아. 그러니 이건 그냥 당신이 먹어. 이따가 저녁때 구워 먹어도 좋고."

"이 아까운 걸?"

신부는 손바닥 안에 밤을 꼭 쥔 채 신랑의 얼굴을 바라보았다.

"오늘, 밤 심느라고 애쓴 당신한테 상으로 주라고 남은 모양이야."

"그러면 더 먹을 수가 없지요."

"그렇다고 다시 산에 가서 심을 수도 없잖아."

"나한테 좋은 생각이 있어요."

어린 신부는 마당에서 어린 신랑의 손을 끌고 부엌으로 들어와 다시 뒷문을 열고 부엌 바깥으로 나갔다.

"여보, 우리 이거 여기에 심어요."

"부엌 바깥에?"

신부는 대답 대신 가만히 고개를 끄덕였다.

"밤나무는 밤도 달리지만 가시가 천지인 나무잖아. 나중에 우리한테도 아기가 생길 테고, 그러면 아기가 맨발로 이곳저곳 돌아다닐 텐데."

그 말에 어린 신부는 얼굴이 빨개졌다. 말을 꺼낸 신랑도 덩달아 얼굴이 빨개졌다.

"그럼 내 말을 들어 보고 당신이 결정해요. 여기에 이걸 심어 싹이 나오고 나무가 자라 가을이 되었을 때, 내가 이른 아침마다 밥을

지으러 부엌으로 나와요. 그러면 또 땔감을 가지러 부엌문을 열고 이곳으로 오게 되지요. 그때 이렇게 예쁘고 큰 밤이 여기저기에 떨어져 있다면 아침마다 기분이 얼마나 좋을까요. 한낮에도 저녁에도 밤이 또 떨어져 있진 않나 일부러 살피러 나올 테고요."

"그렇긴 하지."

"그리고 당신 말대로 아기들이 부엌문을 열고 나와 자기 주먹보다 큰 밤을 줍는다면 또 얼마나 좋아할까요?"

그 말을 할 때 다시 어린 신부의 얼굴이 빨개졌다.

"아이들이 신기해하며 여기에 누가 이 밤나무를 심었을까 궁금해할 테죠. 그럼 내가 대답해 줄 거예요. 예전에 이 집의 어린 신랑이 심었다고요. 그해 겨울에 식량이 떨어졌는데도 그 신랑은 부엌에 묻은 밤 한 톨 꺼내 먹지 않았고, 산에 그것을 다 심고 나서 마지막 남은 한 톨까지도 너희들을 위해 여기에 심었다고 말이에요."

신부의 말에 신랑도 얼굴이 빨개졌다.

이제 그 밤은 누구도 함부로 먹을 수 없는 밤이 되고 말았다.

"당신이 말해 봐. 이 밤을 어디에 심으면 좋을지."

신랑이 말했다.

"바로 여기요."

신부가 두 발로 꼭 딛고 선 자리에 신랑은 호미로 깊이 땅을 파고 밤을 묻었다.

"잘 자라만 준다면 여기 한 나무에서만도 어제 오늘 우리가 심은 것만큼 많은 밤을 딸 수 있을지 몰라. 이제 이건 당신 나무야. 나중에 여기에서 열리는 밤은 당신 마음대로 해도 좋아."

"정말요?"

"그래. 당신이 팔아 써도 좋고, 당신 마음대로 누굴 줘도 좋아. 우리한테 아기가 생기면 그 아기에게 이 나무에서 난 밤을 구워 주어도 좋고."

그때 산에서 밤 한 톨 남아 온 것이, 그리고 그것을 먹지 않고 땅에 심은 것이 할아버지나무가 저 골 안쪽 밤나무 산의 나무들과는 달리 혼자 이 집 부엌 바깥에 서 있게 된 사연이었다.

밤을 화로와 땅에 묻는 것의 차이

"할아버지는 다른 나무들보다 특별한 사랑을 받은 것 같아요."

다시 작은나무가 말했다.

한낮이 되며 눈도 아침보다 조금 잦아드는 듯했다. 노루도 키가 닿지 않아 남겨 둔 무청이 아쉬운 듯 연신 뒤를 돌아보며 산으로 돌아갔다.

"특별한 사랑을 받았다기보다 나무로서 아주 특별한 자리에 내가 있었다는 말이 더 옳을 게야."

"그런 말들은 잘 이해가 안 돼요. 서로 비슷한 말 같기도 하고, 다른 말 같기도 해서요."

"지금은 내가 서 있는 자리겠지만 앞으로는 네가 서 있는 자리가 그렇다는 뜻이지. 나는 한 톨의 밤이었을 때부터 다른 나무들보다 더 가까이에서 그 사람을 바라볼 수 있었단다. 백 년 가까이 이 집과 마을의 일들을 내 잎사귀의 잎맥처럼 들여다볼 수 있게 되었지. 그것이 특별한 사랑이었는지는 모르겠지만, 나무인 내게는 아주 특별한 영광이었던 거지."

"영광……."

작은나무는 그 말을 가만히 입속으로 되뇌어 보았다. 그러나 작은나무로서는 평생을 마을과 집 가까이에서 사람들의 삶을 바라보며 살아온 할아버지나무의 일생에서 어떤 일들이 영광이었는지 얼른 짐작이 되지 않았다.

"열세 살에 장가를 간 어린 신랑은 금방 아이를 낳지 못했어. 결혼한 지 이십 년이 지나서야 아이를 낳았단다. 당시로서는 아주 늦게 얻은 자식이었지. 딸은 멀리 시집을 갔고, 아들은 지금 이 집의 주인이 되었는데, 그도 어른이 되어서 여러 명의 아들딸을 낳았지. 그러는 동안 어린 신랑은 나이 많은 할아버지가 되었고."

"그건 어느 집이나 마찬가지 아닌가요?"

"그렇긴 하지. 지금 이 집 주인도 여러 명의 자식을 낳았는데, 아이들이 자랄 때 옛날이야기를 해 주듯 민둥산에 밤을 심은 어린 신랑 얘기를 자주 들려주었단다. 이 집 주인은 자신의 아버지를 참으로 존경했던 거지."

"그런 사람이라면 누구라도 그랬을 거예요."

"어느 해 한식엔가 온 가족이 성묘를 하고 돌아와 마당 가에 다시 몇 그루 나무를 심을 때였어. 한 손자가, 할아버지는 그때 나이도 어렸으면서 어떻게 그런 생각을 했느냐고 물었지. 나도 그 사람이 어떻게 대답할까 궁금해 가만히 귀를 기울이고 들었단다."

"뭐라고 대답했는데요?"

"이제는 너무 오래 시간이 흘러 생각이 잘 나지 않는다는 게야. 그래도 아이들이 조르니까 손자들의 나이를 하나하나 물어보고 나서 이렇게 대답했단다. 그때는 장가를 갔어도 아직 너희들처럼 어렸기 때문에 그런 생각을 할 수 있었는지 모르겠다고. 나이 든 어른이었다면 흉년에 식량을 내버리듯 밤 다섯 말을 산에 심을 생각을 하지 못했을 거라고 말이지."

작은나무는 그 사람과 어린 손자들이 나무를 심는 모습을 그림처럼 떠올려 보았다.

"그리고 이런 말도 했단다. 사람들은 뒤늦게 다 자란 밤나무 숲을 보고 놀랐지만, 사실 그건 그다지 놀랄 만한 일도 아니라고."

"왜요?"

"왜 그런지 이제 내가 너한테 뭘 좀 물어봐도 되겠느냐?"

"예, 할아버지."

"아직은 눈이 내리고 있지만, 봄이 되면 사람들이 이 밭 저 밭에 곡식을 심어야 하거든. 그때 콩 심은 데 콩 나고, 팥 심은 데 팥 난

다면 그게 네 눈엔 놀라운 일이겠느냐?"

"아뇨. 그거야 당연한 일이죠."

"그렇다면 밤을 심은 산에 밤이 나는 것도 당연한 일이겠지."

"그렇긴 하지만, 우리 나무와 곡식은 다르지 않나요?"

"무엇이 다르지?"

작은나무는 대답이 궁해졌다.

"다른 것은 하나도 없단다. 단지 우리 나무는 콩이나 팥보다 조금 늦게 자라고 늦게 열매를 맺을 뿐이지. 그게 아주 긴 시간이 아닌데도 사람들은 그걸 잘 기다리지 못하는 거고."

작은나무도 그렇게 생각해 얼른 대답할 말이 떠오르지 않았던 것이다.

"그 사람이 손자들에게 이렇게 말하는 걸 들었지. 그것은 아무리 배가 고파도 밤 한 톨을 화로에 묻는 것과 땅에 묻는 것의 차이라고 말이지. 화로에 묻으면 당장 어느 한 사람의 입이 즐겁고 말겠지만, 땅에 묻으면 거기에서 나중에 일 년 열두 달 화로에 묻을 밤이 나오는 것이라고."

"정말 그렇겠네요."

"이 집안에서는 큰 어른 같은 사람이었단다. 내게 생명을 준 은인이기도 하지만, 내 몸이 굵어져 가면서는 오랜 세월 함께 이 집을 지키며 살아온 길동무 같은 사람이었지. 먼저 떠나긴 했어도, 아

마 그 사람도 누구보다 나와 이야기를 나눈 시간이 가장 많았을 게야."

"우리 나무와 사람도 그럴 수 있나요?"

작은나무는 진정 궁금하다는 얼굴로 할아버지나무를 쳐다보았다.

"그럼, 얼마든지 그럴 수 있단다. 더구나 오랜 시간 나무를 심고 가꾸어 온 사람들과는 더욱 그렇지. 사람과 사람 사이에 우정이 있고, 나무와 나무 사이에 우정이 있듯, 나무와 사람 사이에도 그런 우정이 있는 게야."

할아버지나무는 눈 속에서 가만히 그 사람을 추억했다.

"지금은 가고 없지만, 내게는 언제나 그리운 사람이지. 이젠 그 사람에게 그렇게 물었던 이 집의 손자들도 모두 어른이 되어서 아이를 낳았지. 그리고 저마다 자기 아이들에게 흉년에 밤 다섯 말을 민둥산에 심었던 어린 신랑 얘기를 하고 있단다. 지금도 그 손자들은 이 집 주인인 아버지와 어머니를 보기 위해 수시로 이곳에 놀러 오곤 하지."

"저도 여러 번 봤어요. 그런데 얘기를 듣고 나니 할아버지를 이곳에 심은 사람은 언제 태어나 언제 밤나무 산으로 갔을까 궁금해져요."

"그것은 우리 나무의 나이테처럼 사람마다 인생에 남아 있는 기록과도 같은 것이란다. 그 사람은 아주 오래전, 이 나라가 힘이 없어 세계 여러 나라로부터 시달림을 받던 때 이 세상에 태어났단다. 열세 살에 결혼하고, 이웃 나라에 나라를 빼앗기던 해에 온 산에 밤 다섯 말을 심었지."

"그 두 가지는 서로 상관이 있는 일이었나요?"

"나라를 빼앗긴 것과 나무를 심은 일 말이냐?"

"예."

"그렇지는 않단다. 그 사람은 단지 한 집안의 오래된 가난을 벗기 위해 나무를 심었던 거야. 그렇지만 오랜 세월을 함께한 동무로서 돌아보면 그 두 가지의 일이 나에게는 참 상징적으로 느껴질 때도 있단다. 사람들이 산에 나무를 많이 심는 일이야말로 나라를 사랑하고 후손들을 사랑하는 일이기 때문이지."

"정말 지혜로운 사람 같아요."

"이제 그만 자자꾸나. 지금 이렇게 눈이 내려도 봄이 멀지 않았단다. 눈도 서서히 잦아들고."

봄을 여는 매화나무의 기상

할아버지나무는 잠결에도 봄이 다가오는 소리를 들었다. 오랜 세월 동안 몸으로 듣는 소리이기도 하고, 마음으로 듣는 소리이기도 했다. 마당 안팎의 식구들 가운데 가장 먼저 겨울잠에서 깨어나는 것은 매화나무였다.

"아이, 잘 잤다. 아직 날씨는 차지만 나부터 일어나야 다른 식구들도 일어나지."

매화나무는 두 팔을 벌려 길게 기지개를 켰다.

'참 부지런하기도 하지. 저 자리에 서 있은 지 삼십 년이 다 되어 가는데도 늘 저렇게 일찍 일어난단 말이야.'

할아버지나무는 그 모습을 흐뭇하게 바라보았다. 양지쪽 언덕의 생강나무와 다투듯 산수유, 살구, 앵두, 복숭아나무가 서로 누가 먼저랄 것도 없이 잠에서 깨어나 한바탕 부산을 떨었다. 모두 잎보다 먼저 꽃을 피우는 나무들이었다.

그런 소란 속에 매화나무가 첫 꽃을 피웠다. 한 해의 첫 꽃답게 눈처럼 희면서도 연한 분홍색을 띤, 아주 화사한 빛깔의 꽃이었다. 겨우내 아무도 모르게 준비했다가 새 봄빛 속에 갈아입는 나들이 옷 같기도 하고, 매화나무의 흰 속살 같기도 했다.

"와, 예쁘다."

누구의 입에선가 절로 감탄이 흘러나왔다. 다른 나무들도 꽃 피울 준비를 하다 말고 부러운 눈으로 매화나무를 바라보았다. 모두 매화나무 꽃잎 사이로 겨울이 가고 봄이 오려나 보다 생각했다.

그런데 느닷없이 꽃샘추위가 왔다. 눈까지 내렸다. 매화나무 가지마다 어느 것이 꽃이고 어느 것이 눈인지 모르게 꽃과 눈이 한데 엉켜 버렸다.

그때쯤 할아버지나무 옆에 선 작은나무도 겨울잠에서 깨어났다.

"어, 할아버지, 벌써 일어나셨어요?"

"그래. 너도 잘 잤느냐?"

"예. 그런데 말만 봄이지 아직 추워요."

작은나무가 제 어깨 위에 쌓인 눈을 털며 말했다.

"언제 동장군이 한 번이라도 그냥 넘어간 적이 있던? 꼭 저렇게 꽃을 샘하고 갔지."

"그렇지만 저 매화나무도 잘하는 건 없어요."

할아버지나무는 이제 막 잠에서 깨어난 작은나무의 말에 조금은 놀란 얼굴을 했다.

"누가 상을 주는 것도 아닌데, 해마다 저 혼자 잘난 척 일찍 꽃을 피우고 저러잖아요."

작은나무는 딱하면서도 고소하다는 듯이 매화나무를 바라보았다.

"며칠만 늦게 피어도 눈을 안 맞을 텐데 말이에요. 꽃샘도 그냥 지나가고."

"얘야."

다시 할아버지나무가 작은나무를 불렀다.

"저 꽃잎이 무슨 힘이 있을까만, 이 마당 안에 저렇게 눈을 맞으면서도 꽃을 피울 나무는 매화밖에 없단다. 너는 그럴 기상이 있느냐?"

그 말에 작은나무는 그만 부끄러운 생각이 들고 말았다. 새봄, 잠에서 깨어나 제일 먼저 한 일이 다른 나무의 부지런함을 시샘한 일이었다.

"이제 너는 여덟 살이다. 아직 어리다 해도 일생의 첫 열매를 맺을 준비를 해야 할 나이가 된 게야. 그런 만큼 세상 보는 눈도 전보다 더 깊고 따뜻해져야지."

아직은 그 말뜻을 정확하게 이해할 수는 없었지만, 작은나무는 어떤 부끄러움 속에서도 할아버지의 말을 가슴속 깊이 담았다.

"매화나무는 저 모습 그대로 눈과 추위 속에서도 당당하게 꽃을 피울 때 가장 매화다운 거란다."

"그러면 지금 눈 속에 핀 저 꽃들에서 열매가 달리는 건가요?"

"그렇지. 눈과 추위가 나무를 단련시키고, 꽃을 단련시키는 거지. 매화나무가 언제 내릴지 모를 눈과 추위가 두려워 제때 꽃을 피우지 않는다면 그 나무는 어떤 열매도 맺을 수 없는 법이란다. 네 말대로 꽃샘을 피하려고 늦게 피어난 매화꽃엔 아무 열매도 안 열리지."

작은나무는 그 말을 듣고 나니 눈과 꽃을 함께 달고 꽃샘을 견디고 있는 매화나무에게 한없이 미안한 마음이 들었다. 그러자 그 마음을 헤아리기라도 한 듯 매화나무가 한쪽 가지를 흔들어 꽃 위에 쌓인 눈을 털어 냈다.

봄눈은 나무들마다 가지 위에서 금방 녹아 떨어졌다.

베일 뻔한 할아버지나무

할아버지나무는 아직 쌀쌀하긴 하지만 한층 밝아진 봄빛 속에 마당 가의 나무들을 두루 살펴보았다.

날이 풀리기 시작하면 할아버지나무는 온몸이 가렵기부터 했다. 등껍질이 터 벌어지고 갈라진 틈마다 눈이 녹은 물이 축축하게 스며들었다. 겨우내 얼어 있던 밑동 부분은 진물이 흐르면서 안으로 더 깊이 썩어 들어가는 듯했다. 몸 반쪽은 이미 남의 것이나 다름없었다. 여기저기에 난 구멍들도 한 해 겨울을 날 때마다 입구가 점점 넓어지고 있었다.

그래도 새봄을 맞이할 때마다 할아버지나무는 자신이 그 자리에 서 있음을 늘 감사하게 여겼다. 아마 다른 자리에 다른 의미로 서 있는 나무였다면 할아버지나무 역시 예전에 베였거나, 스스로 다른 나무에게 그 자리를 내주었을지도 모를 일이었다.

밤나무 산에도 그때 함께 심긴 나무들이 이제 몇 그루밖에 남지 않았다. 열매도 더 많이 달리고 병충해에도 강한 개량종 밤나무가 들어서면서 땔감으로 사라진 나무도 많았다. 그나마 살아남은 나무도 대부분 오랜 세월을 거치며 저절로 수명을 다했다.

그 가운데 부엌 바깥의 할아버지나무는 모든 나무들의 어떤 상징처럼 그 자리에 우뚝 서 있는 것이었다. 이 집의 나이 든 주인 내외도, 또 이따금 찾아오는 주인 내외의 아들딸들도 할아버지나무를 이 집이나 돌아가신 할아버지의 상징처럼 여겼다.

이 집 식구들은 할아버지나무가 해마다 더 넓고도 깊게 밑동이 썩어 들어가는 모습을 오래전부터 지켜봐 왔다. 아래쪽 몸통의 절반은 이미 남의 몸처럼 살이 썩어 들어가고 거기에 온갖 종류의 벌레와 곤충 들이 바글바글 끼어들었다. 몸 여기저기에 상처처럼 난 구멍과 울룩불룩 돋아난 버섯 들에 대해서도 잘 알고 있었다. 한 해 겨울을 날 때마다 저절로 썩어 부러지는 마른 가지와 겨우내 눈에 주저앉은 생가지를 모두 안타까운 마음으로 바라보았다.

누구 하나 그것을 보기 흉하다거나 지저분하다고 눈살을 찌푸리지 않았다. 오히려 그 몸에 새겨진 오랜 세월의 상처와 흔적 속에서 이 나무를 처음 심은 자기 할아버지의 모습과 당시의 수고를 되새겼다. 할아버지나무로서 그것은 한없이 고맙기도 하고 눈물이 나는 일이기도 했다. 그 사람은 떠나고 없지만, 할아버지나무는 이제 그 사람의 분신처럼 이 자리에 서 있는 것이었다.

할아버지나무는 이곳에 집이 새로 지어지는 것을 두 번 지켜보았다. 한 번은 그 사람이 젊어서였고, 또 한 번은 그 사람이 밤나무 산으로 떠난 다음이었다.

아주 오래전에는 이 자리에 초가집이 있었다. 그러다 밤나무 산에서 많은 밤을 따기 시작하면서 초가집을 허물고 새로 기와집을 지었다. 그때 집도 커졌지만, 집보다 넓어진 것이 마당이었다. 파 옮긴 나무도 있었지만, 어쩔 수 없이 베어 낸 나무도 있었다.

부엌 바깥에 서 있던 할아버지나무도 하마터면 베일 뻔했다.

"이봐요, 주인. 이 나무도 베어 버립시다."

먼저 있던 초가집을 허문 다음 집 짓는 일을 감독하는 나이 든 목수가 말했다.

부엌 바깥의 밤나무는 이제 막 스무 살이 되었다. 몸통도 금방 자라 어른 허벅지만큼 굵어졌다. 벌써 많은 밤을 발아래에 떨어뜨리고, 초가지붕 위에도 떨어뜨렸다. 가을마다 지붕에 새 이엉을 얹을 때 일을 거들러 온 동네 사람들도 같은 말을 했다.

"이봐, 이제 이 나무를 그만 베어 버리지."

지붕 위에 밤만 떨어져 있는 것이 아니라 밤송이까지 함께 떨어저 있어 일을 방해하기 때문이었다. 부엌 바깥에는 더 많은 밤송이가 수북하게 쌓여 있었다.

"베어 버리자고요."

다시 나이 든 목수가 말했다. 그래야 집을 조금 뒤로 들여 지을 수 있고 마당이 넓어진다고 했다. 그 사람은 잠시 고민에 빠졌다. 해마다 크고 예쁜 밤이 열리는 밤나무가 아깝기는 하지만, 막상 초가집을 허물고 보니 그 자리는 나무를 베어 내고 집을 조금 안쪽으로 들여 짓는 게 좋겠다는 것이 누구 눈에도 보였다. 밤은 이제 그 나무 아니어도 많았다. 그 사람이 이런저런 생각을 하는 사이 목수가 톱을 들고 밤나무에게로 다가섰다.

'아, 내 목숨도 여기서 끝이구나. 나를 그냥 두면 앞으로 크고 예쁜 밤을 더 많이 선물할 텐데.'

목수가 밤나무 밑동 아랫부분에 땅과 바짝 붙여 톱을 댔다.

밤나무의 목숨이 경각이었다. 밤나무는 차라리 두 눈을 질끈 감아 버렸다.

바로 그때, 밤나무 쪽으로 화다닥 뛰어오는 소리와 함께 그 사람이 비명처럼 소리를 질렀다.

"안 돼요!"

그 소리에 밤나무는 번쩍 눈을 떴다. 그 사람은 나무 밑동에 톱까지 댄 목수의 팔을 붙잡았다.

"베어 낼 수 없어요."

"아니, 왜요?"

"무슨 일이 있어도 안 돼요, 이 나무는."

"이봐, 베어 내자고. 있어 봐야 여기저기 집 안에 밤송이만 뒹굴 텐데."

일을 나온 동네 사람들도 함께 거들었다.

"그래도 안 된다니까."

그 사람은 왜 안 되는지 이유는 말하지 않고 무조건 안 된다는 말만 반복했다.

"참 알 수가 없네. 이 집에 밤나무가 이거밖에 없는 것도 아니고, 밤 농사로 돈 벌어서 기와집 짓는 거 아니오?"

"그러니 더욱 베어 낼 수 없는 거지요."

나이 든 목수가 톱을 거두어들였다. 그제야 그 사람도 나무에서 떨어졌다. 동네 사람들 모두 저럴 것까지 있나 하는 얼굴을 했지만, 저쪽에서 이쪽을 보고 생긋 웃는 한 사람이 있었다. 밤나무만 그 얼굴을 보았다.

"당신, 왜 그 나무를 베어 내지 못하게 했나요?"

그날 밤, 임시로 마련한 살림방에 누워 아내가 그 사람에게 물었다. 예전에 그 사람과 함께 나무를 심었던 어린 신부도 어느덧 나이를 먹어 서른세 살이 되었다.

"그게 당신한테도 이상하게 보였나?"

"아뇨. 나는 오히려 고마웠지요. 당신이 그러지 않았다면 목수가 톱질을 하는 순간 내가 나서서 막았을 거예요."

"그런데 왜 가만히 있었어?"

"나는 마지막 순간까지 당신을 믿었거든요."

"그 나무는 같은 밤나무여도 산에 있는 나무들과는 또 다르지. 처음 심을 때 내가 당신에게 주기로 한 나무이기도 하고, 언제까지고 그 자리에 서서 우리 집을 지켜 줄 나무이기도 하니까. 이다음 우리가 나이가 들면 그 나무도 함께 나이가 들 테지. 그러다 우리가 저 세상으로 가면 그때는 또 그 나무가 우리 대신 이 집과 우리 아이들을 지켜 줄 거야."

"그렇지만 우리는 아직 아기가 없잖아요."

"나는 걱정하지 않아. 이렇게 당신이 내 옆에 있으면."

그 사람은 한없이 부드러운 목소리로 아내에게 말했다.

"기다려지지 않나요?"

"물론 마음으로야 기다려지지. 그렇지만 우리는 아직 우리가 심은 나무들처럼 젊잖아."

"당신, 그렇게 오래 기다려 줘서 고마워요."

그 사람의 아내는 이제 조금씩 안에서 불러 오는 자신의 배에 남편의 손을 끌어다 대 주었다. 그 사람의 아내는 겨우 열두 살 때 그 사람과 마주 바라보고 선 초례상에 물 한 그릇 올려놓고 혼례를 치렀다. 어릴 때는 잘 몰랐지만 스무 살이 지나면서 이제나저제나 아기를 기다렸다. 그러다 혼례를 치른 지 스무 해가 지난 다음에야 비로소 몸속에 아기가 들어선 것이었다.

"나는 그 나무에서 딴 밤을 우리 아기에게 꼭 먹이고 싶어요."

"앞으로도 그 나무는 어떤 일이 있어도 건드리지 않을 거야. 앞으로 그 나무에서 따는 밤도 다 당신 거고. 이제 당신 마음대로 하라고."

그 사람은 배 속의 아이를 안듯 아내를 꼭 안고 약속했다.

그때 밤나무는 자기도 모르게 감동하여 온몸의 가지를 흔들었다. 그리고 나무로서 스스로에 대한 약속처럼 여러 가지 결심을 했다.

새집은 들일이 끝난 늦가을부터 시작해 다음 해 이른 봄이 되어서야 다 지어졌다. 그 봄에 아기가 태어났다. 바로 지금 이 집의 주인이었다.

"나는 그때 처음 아기의 울음소리를 들어 봤지."

"두 사람이 할아버지한테서 주운 밤을 아기에게 주었나요?"

작은나무도신이 나 물었다.

"이런 비유가 어떻지 모르지만, 세상에는 우리가 아는 많은 종류의 벌레가 있지. 고추밭에 끼는 고추벌레, 배추밭에 끼는 배추벌레, 그런 벌레 중에 우리 밤 열매 속에 집을 짓고 사는 밤벌레만큼 뽀

앟고 통통한 벌레도 없을 게야."

"정말 그래요."

"예전엔 사람들도 아기가 토실토실하게 살이 오르고 얼굴이 뽀야면 예쁘다는 뜻으로 밤벌레 같다는 말을 많이 했지. 그렇게 찌는 살을 밤살이라고 부르기도 하고."

"그거 재미있는데요."

"그 사람의 아내는 내 발밑에서 주운 밤을 삶아 그걸 아이에게 발라 먹였지. 그다음 딸을 낳았을 때에도 그랬고, 나중에 손자들이 태어났을 때에도 그렇게 했단다. 그런 것이 내겐 모두 특별한 기쁨이었던 거지. 그러나 그보다 더 큰 기쁨이고 자랑이었던 일도 많았단다."

봄날 오후의 고운 햇살이 가지 끝마다 훈훈한 바람과 함께 와 닿았다. 할아버지나무는 다시 그 시절의 일을 떠올리듯 저쪽 멀리 밤나무 산 쪽의 하늘 끝을 바라보았다.

집을 지키는 나무의 긍지

그때 새집이 지어진 다음 젊은 시절의 할아버지나무는 어떻게든 더 많은 밤을 맺을 수 있도록 애를 썼다. 다른 나무보다 더 열심히 뿌리를 내리고, 더 열심히 가지를 뻗었다. 밤나무 산의 어떤 나무도 할아버지나무만큼 굵게 자라지 못하고, 또 넓게 가지를 뻗지 못했다. 부엌 바깥엔 다른 나무가 없어 더욱 마음껏 가지를 뻗을 수 있었다.

그러다 보니 겨울이면 가지 위에 쌓이는 눈 때문에 힘이 들기도 했다. 어떤 해에는 이게 나무로서 지나친 욕심이 아닌가 스스로 걱정스럽기도 했다. 그렇지만 이곳에 새로 집이 지어질 때 이 집에서 가장 굵은 밤을 많이 떨어뜨려야겠다고 스스로에게 다짐했다.

첫아이가 태어나던 해 가을부터 할아버지나무에서 떨어진 밤을 그 사람의 아내가 따로 관리하기 시작했다. 예전에 그 사람이 그랬던 것처럼 부엌 바깥에서 주운 밤 두 말을 이제 그 사람의 아내가 부엌 바닥을 파고 묻었다. 그리고 봄이 되어 그것을 파냈다.

"이걸 어떻게 할 거지?"

"작년에 새집을 지을 때 이 밤을 우리 아기에게도 먹이고, 또 아기를 위해 좋은 일에 써야겠다고 혼자 마음속으로 약속했어요."

밤 두 말을 사이에 두고 그 사람의 아내가 말했다.

"좋은 일 어디에?"

"이 밤 두 말을 시장에 내다 팔면 쌀 서 말로 바꿀 수 있을 거예요."

"그래, 그 정도는 받겠지. 그런 다음엔?"

"그 쌀을 보리와 옥수수로 바꿀 거고요."

"그걸 어디에 쓰려고?"

"지금이 일 년 중 양식이 가장 귀할 때잖아요."

"양식은 곡간에도 있잖아."

"아뇨. 우리 말고요."

예전에 막 결혼했을 때 어린 그들이 그랬던 것처럼, 먹을 것이 떨어진 사람들은 누렇게 뜬 얼굴을 하고 산과 들로 칡뿌리를 캐러 나서거나 나물을 뜯으러 나섰다. 사람들은 그 시기를 '보릿고개'라고 불렀다. 지난가을에 거두어들인 양식은 모두 떨어지고, 그다음 식량이 될 보리는 아직 밭에서 푸르렀다.

그런 시절, 그 사람의 아내는 봄마다 부엌 바닥에 묻어 두었던 밤을 꺼내 쌀보다는 양이 많이 불어날 수 있는 보리, 옥수수 같은 잡곡으로 바꾸었다. 그걸로 마을의 가난한 사람 모두에게 인심을 쓸 수는 없었지만, 어린것을 제대로 먹이지 못하는 집과 아파 누워 있는 사람이 있는 집에 몰래 먹을거리를 가져다주었다.

처음에는 두 말이었지만, 몇 해 지나지 않아 밤나무 산에서 주워 온 밤을 더해 매년 다섯 말의 밤을 따로 부엌 바닥에 묻었다. 그것은 예전에 어린 신랑과 신부가 민둥산에 묻었던 밤과 똑같은 양이었다. 예전에 민둥산에 다섯 말의 밤을 심어 밤나무 산을 이룬 것처럼 이제 아이를 위해서 세상에도 매년 다섯 말의 밤을 심자고 했다.

그런 사정을 알고 있었던 젊은 시절의 할아버지나무는 어느 한 해도 열매 맺기에 소홀할 수가 없었다. 두 사람이 하고 있는 좋은 일에 자신도 모든 정성을 바치기로 했다. 그것은 자신의 마음을 따뜻하게 하고, 다른 어떤 나무도 느끼지 못할 긍지를 가지게 하는 일이었다.

그런 마음에서 어느 해 가을에는 너무도 많은 밤을 발밑에 떨어뜨리기도 했다. 그러자 그 사람이 일부러 부엌 바깥으로 와 할아버지나무를 어깨동무하듯 한 팔로 감싸 안으며 이렇게 말했다.

"이보게, 친구. 한 해에 다 맺어 떨어뜨릴 게 아니면 너무 무리하지 말게. 자네야말로 오래오래 이곳에 있으면서 이 집을 지켜봐 줘야지. 겨울에 눈 조심, 여름에 바람 조심하고."

할아버지나무는 그때 처음 그 사람과 대화를 나누었다. 그전까지만 해도 그 사람은 그냥 나무를 심은 사람이었고, 부엌 바깥의 할아버지나무는 그가 심은 많은 나무 중에 조금은 특별한 나무였을 뿐 서로 말을 나누고 마음을 나누는 친구 사이는 아니었다.

"그것은, 내가 이 세상에 다른 어떤 것으로 태어나지 않고, 나무로 태어난 것을 행복하게 하는 말이었지. 그리고 지금도 나는 나무인 것이 행복하단다."

할아버지나무도 지금처럼 떨리는 목소리로 말할 때가 있었다. 작은나무는 그런 할아버지나무를 가만히 우러러보았다.

이른 봄볕은 더욱 넓게 부챗살처럼 퍼졌다.

세 번 찾아가서 얻은 자두나무

이 집 마당 안팎 빈터에는 참으로 많은 나무들이 형제와 이웃처럼 서로 가지를 맞대고 살고 있었다.

꽃은 앵두보다 매화가 먼저 피지만, 아직 다 익지 않은 청매실을 따는 게 아니면 열매는 앵두가 늘 매실보다 먼저 익었다. 또 매화나무 다음으로 산수유나무가 카스텔라 속살과도 같은 노란색 꽃을 피우지만, 열매는 가을이 깊을 대로 깊은 다음에야 비로소 빨갛게 익었다.

할아버지나무는 마당 안팎의 모든 나무들이 그 자리에 심겨 자라는 모습을 지켜보았다. 그 가운데 제일 많은 나무가 자두나무였다. 울타리 주변은 물론 텃밭 가에도 자두나무가 줄줄이 심겨 있었다. 열매가 빨갛게 익는 것과 노랗게 익는 것, 종류도 가지가지였다.

나무 밑동이 사람 종아리 굵기만 한 것에서부터, 자두나무로서 저렇게 크게 자랄 수 있나 싶을 정도로 굵게 자란 아름드리나무도 있었다. 열매도 아이들 주먹만 한 것에서부터 방울토마토만 한 것까지 크기가 아주 다양했다.

그러나 꽃은 모두 한 모습이었다. 모시옷을 입은 처녀처럼 하얗게 피었다. 봄마다 이 집을 꽃대궐로 보이게 하는 것도 분홍색 살구꽃과 함께 마당 안팎에 팝콘처럼 한꺼번에 피어나는 흰 자두꽃 때문이었다.

"같은 나무가 봐도 참 깨끗하고 예뻐요."

작은나무는 연신 자신의 몸을 간질이고 지나가는 봄바람 속에 둥실 떠오르는 듯한 목소리로 말했다.

"밤에 보면 더욱 그렇지. 예전 사람들은 달 밝은 밤엔 저 꽃으로 시름을 잊고, 달 없는 밤엔 저 꽃 때문에 숨통이 트이는 것 같다고 말했단다."

마당 안팎에 할아버지나무 다음으로 나이가 많은 나무도 바로 저쪽 김치 단지 옆에 서 있는 자두나무였다. 그 나무는 밑동 굵기가 어른 몸 하나만 했다.

"저 나무는 몇 살쯤 되었나요?"

"아마 저 친구도 여든 살이 훨씬 넘었을걸."

할아버지나무는 마당에 선 자두나무의 꽃그늘을 바라보며 대답했다. 잎보다 먼저 꽃이 피는 나무들의 꽃잎이 만들어 내는 그림자였다. 그런 나무의 잎들은 언제나 꽃의 다음 차례를 기다려 줄 줄 알았다. 열흘이든 보름이든 꽃들의 잔치가 끝난 다음에야 비로소 잎들이 세상과 인사를 했다.

"우와, 여든 살이 넘은 자두나무라니 실감이 안 돼요."

"백 살이 되어 가는 밤나무는 실감이 되고?"

"할아버지는 다르지요. 우리 할아버지니까요. 그리고 여기 있는 모든 나무들의 어른이니까요."

저 자두나무도 할아버지나무처럼 온몸에 세월의 상처를 안고 있었다. 이쪽 작은나무가 선 자리에서는 잘 보이지 않지만, 저 뒤편으로 몸 절반은 이미 썩어 들어가고 있었다. 할아버지나무에 붙어 있는 것과는 종류가 다른 버섯과 이끼가 저 나무에도 다닥다닥 붙어 자라고 있었다. 몸에 새들이 파 놓은 구멍만 없다 뿐이었다.

"저 나무도 네 아비가 몸을 상하던 해에 아주 크게 몸을 상했단다. 그해 눈이 여간 왔어야 말이지."

"그래서 이젠 열매도 많이 맺지 못하는가 봐요. 그때 가지도 많이 찢어지고 부러지고 해서요."

"그렇긴 해도 저 친구야말로 이 집 사람들에게 아주 특별한 의미를 가지고 있는 나무란다."

"어떤 의미요?"

작은나무는 봄부터 그런 말에 부쩍 관심이 많아졌다.

"저 나무는 예전에 그 사람이 아주 어렵게 구해 심은 나무란다. 그 사람 아들과 손자 들이 대를 물려 특별히 좋아했던 나무이기도 하고. 자두 하나가 아이들 주먹만 한 게 여간 달고 맛있지 않거든."

"그건 저도 봤어요."

"아마 그런 의미를 가지지 않았더라면 그때 네 아비와 함께 베이고 말았을 게야."

그 말에 작은나무는 입을 꾹 다물었다. 작은나무는 지금 아버지나무 대신 그 자리에 서 있는 것이었다. 그러나 대부분의 나무들은 처음부터 맡아 놓은 자리를 차지하듯 그 자리에 서 있었다. 그것이 스스로 싹을 틔운 나무와 사람들이 심은 나무들의 차이라는 것을 이제 작은나무도 잘 알고 있었다.

전 같으면 아버지나무에 대한 슬픈 감정이나 얼핏 혼자만 힘들게 싹을 틔운 나무로서의 소외감 같은 것을 느꼈겠지만 이제는 그러지 않았다. 지난겨울, 잠시 잠에서 깨어났을 때 할아버지나무가 말해 주었다. 너는 아직 어리지만 나보다 훨씬 더 강하고 자랑스러운 자리에 있노라고.

"이제 그 사람이 심은 나무는 나와 저 자두나무를 빼면 몇 그루 남아 있지 않단다. 내 나이와 비슷한 감나무가 여러 그루 있었는데, 그 친구들도 어느 결에 수명을 다했구나. 지금 있는 감나무들은 모두 그다음에 심어진 나무들이고."

할아버지나무는 깊은 회상에 잠기듯 말했다.

"원래 우리 나무는 오래 살지 않나요?"

작은나무는 자기가 알고 있는 것이 당연하지 않느냐는 듯이 물었다.

"그렇긴 하지. 사람들에 비해서도 그렇고, 산에 들에 움직이며 사는 동물들에 비해서도 그렇고."

깊은 산속에 있는 주목 같은 나무는 천 년을 살고, 뒷산의 소나무들도 많이 살면 수백 년을 산다고 했다. 그러나 어려서부터 주렁주렁 열매를 맺는 과수나무들은 그런 나무들에 비해 수명이 짧았다.

더러 어딜 가면 감나무나 밤나무도 이삼백 년 된 것이 있다고 하지만, 그야말로 희귀한 일이었다.

"우리 과수나무는 왜 수명이 짧은가요?"

갑자기 낙심한 목소리로 작은나무가 물었다. 작은나무는 억울한 일을 당한 것처럼 얘기했지만, 그건 아직 어려서 열매를 맺어 보지 못한 때문이었다. 한 번이라도 자신의 온 정성을 바쳐 열매를 맺어 본 과실나무들은 절대로 그런 말을 하지 않았다.

할아버지나무가 보기에 어떤 나무나 이 세상에 태어나 열심히 자기 삶을 살고는, 자기 자신을 이 세상에 모두 주고 가는 것 같았다.

과수나무는 가지마다 무엇보다 주렁주렁 열매를 맺어 이 세상에 주고 간다. 자기 씨를 퍼뜨리기 위해 열매를 맺는 것이지만, 때로는 욕심을 부려 가지가 휘어지기도 하고 찢어지기도 한다. 한 해를 적게 맺으면 다음 해에는 반드시 많이 맺고야 만다. 그러다 보니 다른 나무보다 수명이 짧을 수밖에 없다. 과수나무에게 열매는 열매를 맺지 않고 덧없이 살아가는 시간보다 더 소중한 것이다.

할아버지나무는 단 한 번도 주목나무나 소나무에 비해 자신의 수명이 짧다고 생각해 본 적이 없었다. 나무는 늘 그 자리에 서서 자기 다음에 올 나무를 생각하기 때문이었다. 지금 자기가 선 자리에 아들 나무가 서 있는 것이 낫다고 생각될 때, 나무는 누가 가르쳐 주지 않아도 스스로 자신이 왔던 세상으로 돌아갈 준비를 하는 것이다.

할아버지나무는 그게 나무의 일생이며 순리라고 여겼다. 밤나무 산의 그 많던 나무들도 모두 그랬던 것이다. 그런 점에서 자신은 오히려 많이 늦은 편이라고 여기고 있었다.

그것은 장차 할아버지나무를 대신할 다른 나무가 없었기 때문이었다. 지난 세월 동안 꽤 많은 싹이 올라오긴 했지만, 그곳이 부엌 뒤뜰이다 보니 미처 자라기도 전에 다른 풀과 함께 모두 베이고 말았다. 그러다 저쪽 빈터에 작은나무의 아비가 싹을 밀고 나왔고, 이제 작은나무가 그 자리에 서 있는 것이었다.

할아버지나무는 작은나무에게 그것을 차근차근 설명해 주었다.

지난해에 이어 올해 새로 꽃을 피우고, 열매를 맺고, 그것을 끝까지 익혀 발밑에 떨어뜨리고, 다시 겨울잠에 들 때쯤 작은나무도 비로소 그것을 알게 될 것이다.

"그럼 아까 얘기하던 저 나무는 어떤 의미의 나무인가요?"

다시 작은나무가 마당 가의 아름드리 자두나무를 가리키며 물었다.

저 자두나무는 그 사람이 젊었을 때 아직 낳지 않은 아이들을 위해 구해 심은 나무였다. 지금 이 집 주인보다 훨씬 나이가 많았다.

"너 삼고초려(三顧草廬)라는 말을 들어 본 적이 있느냐?"

"아뇨."

"옛날에 어떤 장수가 있었는데, 늘 자기를 도와줄 인재를 구하기 위해 애를 썼단다. 그러던 어느 날 그런 선비가 세상을 등지고 어느 시골에 살고 있다는 얘기를 듣고 세 번이나 찾아가 절을 하고 모셔 왔지."

"저 자두나무와 상관이 있는 얘기인가요?"

"저 자두나무가 그렇게 이 집 마당에 오게 된 나무거든. 여보게, 친구."

할아버지나무는 마당을 가로질러 나이 든 자두나무를 불렀다.

"아이고, 어르신, 봄볕이 참 좋습니다."

"여기서 보니 봄볕도 좋지만, 나는 자네 꽃이 더 좋아 보이는구면."

"어르신께서 그렇게 봐 주시니 저야 염치없이 기쁘지만, 이제 제 몸도 예전 같지 않습니다. 그걸 알고도 이렇게 서 있는 게 젊은 나무들 보기에 부끄럽기도 하고요."

"아닐세. 내 눈에 자네 꽃은 옛날이나 지금이나 늘 환한 게 보기가 좋다네. 아주 한결같아."

"한결같기야 어르신이 더하지요. 늘 우뚝하신 게."

그러고 보니 수백 마리도 넘는 벌들이 마당에 날아들어 자두나무들의 귓속을 간질이듯 꽃 속을 파고들고 있었다.

저 나무는 남쪽으로 삼십 리 아래에 있는 자루뫼라는 동네에서 왔다. 그 동네 어느 집에 아주 굵고 귀한 자두가 열린다는 소문이 들렸다. 그 사람은 아직 태어나지 않은 아이들을 위해 일부러 그 집을 찾아가 나무를 얻어 왔다.

지금이야 삼십 리가 먼 길이 아니지만, 그때는 오고 가는 데 꼬박 하루가 걸리는 길이었다. 아무리 세상없는 자두가 열리는 나무라 해도 새 묘목 하나를 얻기 위해 들이는 품으로 보자면 여간 정성으로 나선 걸음이 아니었다.

첫해, 자두나무 집 주인은 잘 알지도 못하는 다른 동네 사람에게 같은 동네 사람들에게도 나누어 주지 못한 자두나무 묘목을 줄 수 없다고 했다. 그 사람은 내년에 다시 한 번 찾아오겠다는 인사를 하고 선선히 돌아왔다.

다음 해, 그 사람이 다시 자루뫼 마을을 찾아갔다. 이번에는 먼저 묘목을 가져가기로 한 사람이 있다고 했다. 그 사람은 그다음 해쯤에나 옮겨 심을 수 있는 어린 묘목 하나를 맡아 놓고 왔다. 그때서야 자두나무 집 주인도 그 사람이 어린 시절 민둥산에 밤 다섯 말을 심어 집안을 일으킨 사람이라는 걸 잘 알고 있노라고 했다.

그러나 세 번째 봄에 다시 찾아갔을 때, 그 동네의 다른 사람이 먼저 와 떼를 쓰듯 그가 맡아 놓은 묘목을 파 갔다. 먼 길을 헛걸음 했지만, 그 사람은 낭패스러운 기색을 보이지 않았다. 그저 내년에 다시 오겠다고 그 집의 나이 든 어른에게 공손하게 인사를 했다.

사정이 그쯤 되자, 나무 하나에 들이는 젊은 사람의 정성에 탄복한 자두나무 집 어른이 몇 년 전 자기 집 텃밭에 옮겨 심어 놓은 묘목을 파 주었다.

저 자두나무는 그렇게 이 집 마당 가에 온 나무였다. 할아버지나무는 작은나무에게, 옛날에 임금으로부터 벼슬을 받은 나무가 있는가 하면, 저렇게 한 장수가 인재를 구하듯이 오랜 시간을 두고 힘들게 구해 온 나무도 있는 법이라고 했다.

나무는 아이들보다 빨리 자란다

그 사람이 여러 손자를 둔 할아버지가 되었을 때는 마당 가에 더욱 많은 과실나무들이 들어섰다. 이 집 울 밖을 지나다니던 동네 아이들 모두 과일나무를 쳐다보며 부러워했다. 할아버지나무는 작은 나무에게 자신이 지켜본 그 시절 이야기를 들려주었다.

"어이구, 저렇게 쳐다보다가 애 목 떨어지겠네."

그때마다 그 사람은 동네 아이들에게 그 철에 나는 과일을 따 주었다. 그러면서 때로는 그 집 어른에게 이런 말을 건네기도 했다.

"여보게, 나도 예전에 그랬네만 부모로부터 물려받은 가난은 당장 벗어나기가 참 어렵다네. 그렇지만 자네가 어느 하루만 수고를 하면 자네 아이들이 다른 집 아이들의 부러움을 받는 것 한 가지가 있다네."

그러면 어른들도 무슨 얘기인가 싶어 그 사람의 말에 솔깃 귀를 기울였다.

"자네가 어릴 때야 어쩔 수 없었다 해도 장가들어 살림을 나거나 아이를 낳았을 때, 마당 가에 과실나무 몇 그루만 심어 놨어도 지금쯤 꽤 실하게 컸을 게 아닌가?"

"그렇긴 하지요."

"그러니 지금이라도 과실나무를 몇 그루 심어 놓게. 아이들도 빨리 자라지만, 나무는 아이들보다 훨씬 더 빨리 자란다네."

"뭐 나무 따라 그렇기도 하겠지요."

"아니, 모든 나무가 그렇다네. 심을 나무를 구하기 어렵거든 내년 봄에 우리 집으로 나무를 구하러 오게. 그러면 내가 올해 새로 새끼를 쳐서 올라온 과실나무 묘목을 파 줄 테니. 그리고 밤나무 묘목은 지금 당장이라도 우리 집 밤나무 산에 가면 아주 잘생긴 것들 천지라네. 예전에 어떤 미련한 사람은 거기에 묘목도 아니고 밤알을 묻어 숲을 이뤘는데, 칠팔 년 된 묘목을 심어 밤을 따는 거야 금방이고말고 아니겠는가?"

"어르신 말씀을 들으면 그렇긴 하지요."

그러나 정작 나무를 얻으러 오는 사람은 없었다. 밤나무 산에 묘목을 파러 오는 사람도 없었다. 함께 따라온 아이들까지 알아들을 수 있도록 쉽게 설명해 주어도, 어른들은 어느 천년에 묘목이 자라 열매를 맺을까, 생각하는 것 같았다.

다들 그 사람이 심은 밤나무 숲을 부러워하면서도 그랬다. 남의 집 울 밑에 와서 과일나무를 쳐다보고 있는 자기 집 아이들을 바라보면서도 그랬다. 그게 나무에 대한 사람들의 생각이었다.

할아버지나무도 사람들의 생각이 거기밖에 미치지 못하는 것이 안타까웠다.

"그 사람은 어린 시절 가난하게 자라 많이 배우지 못했단다. 겨우 자기 이름만 쓸 줄 알았지. 그러나 나는 이제까지 그 사람만큼 우리 나무에 대해 쉽고도 간단하게 설명하는 사람을 본 적이 없단다."

작은나무는 가만히 할아버지나무의 말에 귀를 기울였다.

"아이들도 빨리 자라지만, 나무는 아이들보다 훨씬 더 빨리 자란다고 한 말 말이다. 그건 우리 나무에 대해 나무를 '나무'라고 부르는 것만큼의 진리거든."

할아버지나무는 진정으로 그렇게 생각했다. 같은 나무로서 마당가의 나무들을 둘러보아도 그랬다. 그건 나무와 나무를 심는 사람만 아는, 나무에 대한 진리였다.

봄의 여러 계단

마당 안의 풍경이 서서히 꽃 색에서 잎 색으로 바뀌어 가고 있었다. 나무들은 희고 붉은 꽃들이 가득 피었던 자리에 잎을 피우기 시작했다.

이 집의 나이 든 주인 내외는 모처럼 논밭에 나가고, 나무들이 쑥쑥 잎을 내미는 것 말고는 온 세상이 숨소리 하나 없이 조용했다. 그런데도 모래 목욕을 하던 닭들은 이따금 제 풀에 놀라 홰를 쳤다. 할아버지나무 발밑으로 개미들이 새까맣게 몰려들고 있었다. 시간이 지날수록 햇빛도 울 너머에서 마당 안으로 점점 그림자를 디밀어 왔다. 그 사이로 불어오는 바람에게 작은나무는 혼자 말을 걸기 시작했다.

"바람아, 내 눈엔 너희들이 잘 보이지 않아. 보이는 건 너희가 우리를 흔들며 지나가는 길뿐이야. 그렇지만 너희 눈엔 내가 잘 보이겠지. 지금 내가 내밀고 있는 이 연두색 잎을 너희는 보고 있는 거니?"

그러나 대답은 바람이 아니라 저만치 옆에 선 앵두나무에게서 왔다.

"아까부터 무얼 그렇게 혼자 중얼거리니?"

"나 혼자가 아니에요."

"혼자가 아니면?"

"지나가는 바람 속에 실려 오는 저 먼 곳의 푸른 이야기들이 자꾸 나에게 말을 걸어와요."

"너도 벌써 바람의 길을 볼 줄 아는구나."

앵두나무는 기특한 듯 작은나무를 바라보았다.

"저도 이제 여덟 살인걸요. 게다가 저 혼자 싹을 틔웠다고요."

"그래, 아주 씩씩한 모습이 보기가 좋구나."

"고마워요, 아저씨. 그런데 아저씨는 몇 살이에요?"

"나는 키는 작아도 나이는 제법 많단다. 저기 매화나무보다 먼저 이 집에 왔으니까."

"그럼 아저씨도 이 집 주인의 아버지가 심은 나무인가요?"

"그 사람과 그 사람 손자들이 함께 심은 나무지. 제일 마지막으로 그렇게 심은 나무가 저쪽 석류나무와 텃밭 가의 호두나무고."

"아저씨는 봄마다 우리보다 더 바쁘겠어요."

"왜?"

"우리 밤나무는 봄에 잎만 피우면 되지만 아저씨는 꽃도 피워야 하고, 잎도 피워야 하잖아요. 거기에다 아저씨는 여름이 오기 전에 열매까지 익혀야 하니까요."

"네 눈엔 봄이 짧아 보이겠지."

"예. 여름이나 겨울보다는요."

"하하. 너뿐 아니라 사람들도 다들 봄이 짧다고 말하지. 그렇지만 우리 나무에게 봄은 그렇게 짧은 계절이 아니지. 봄도 한 층 한 층 밟으면 여러 계단이 있어. 나무마다 잠에서 깨어나는 봄이 있고, 꽃을 준비하여 피우는 봄이 있고, 잎을 내는 봄이 있고, 또 우리처럼 남보다 일찍 열매까지 익혀 가는 봄이 따로 있는 법이니까."

"어, 하나하나 구분해서 보니 정말 그런데요."

"씩씩한 친구. 봄은 이제 시작이라고. 그러니 부지런히 잎을 내야 겠지?"

앵두나무가 작은나무의 어깨를 두드려 주듯 말했다.

나는 세상을 돌아다니고 싶어요

하루하루 산과 들의 풍경이 달라지는 것 같았다. 비가 내렸다 그친 날은 더욱 그랬다. 나뭇가지 끝에 와 머무는 햇살조차 푸른 잎색으로 반사되었다. 먼저 피어났던 꽃들도 예쁘지만, 이제 꽃보다잎이 더 예쁜 계절이 돌아온 것이었다.

그러나 할아버지나무는 지난해와는 다르게 왠지 저 풍경 속의시간들이 자신에게는 다시 돌아오지 않을 그림처럼 느껴졌다. 오래도록 한자리에 서서 맞이하는 봄이지만, 그중에서도 이 봄이 할아버지나무 생애에 특별한 봄이 될 것 같은 생각이 자꾸만 드는 것이었다. 옆에 함께 서 있어도 작은나무는 그런 할아버지의 마음을 알길이 없었다.

"할아버지, 나른한 게 기분이 참 좋아요."

이럴 때면 작은나무의 목소리에도 초록빛 물기가 그대로 묻어나는 것 같았다.

"그래. 우리도 얼른 잎을 마저 내야지. 그래야 꽃도 피우고 열매도 맺고 그러지."

"그런데 할아버지."

"오냐."

"우리는 왜 바람이나 구름처럼, 또 지난겨울에 왔던 노루나 사슴처럼 우리 마음대로 움직일 수가 없는 걸까요?"

"왜, 움직이고 싶으냐?"

"예. 바람이나 구름처럼 먼 마을에도 가 보고 싶고, 노루나 사슴처럼 이 산 저 산 돌아다니며 어떤 친구들이 있나 둘러보고 싶어요."

"그거 정말 신 나는 얘기지. 생각만으로도 하늘을 날 것 같고."

"저는 나무지만 정말 그렇게 살고 싶어요."

"가슴에 남다른 꿈을 가지고 있는 것은 좋은 거란다. 새든 짐승이든 나무든 모두 다."

"그런데 우리는 왜 그럴 수 없는 건가요?"

다시 작은나무가 할아버지나무에게 물었다. 할아버지나무는 그런 작은나무를 잔잔한 눈길로 바라보았다. 멀리 큰 산 너머로 솜처럼 흰 구름이 지나가고 있었다.

"얘야. 어린 시절엔 누구나 그런 꿈을 꾼단다. 그런 꿈을 한 번도 안 꾸면 그게 오히려 이상하지."

"할아버지도 그러셨나요?"

"그럼. 나도 너만 할 때 마음속으로 매일 그런 꿈을 꾸었단다."

"정말로 그래 봤으면 좋겠어요. 이 산에도 한번, 저 산에도 한번, 또 저 멀리 구름 아래의 큰 산에 가서도 한번 살아 보고 싶어요."

"너와 똑같은 꿈을 아주 오래도록 꾸던 나무들이 이 마당 안팎에도 여럿 있었지."

"꿈을 이룬 나무도 있었나요?"

"그런 나무는 없었단다. 그 꿈 때문에 바깥세상만 궁금해하다가 제대로 뿌리를 내리지 못하고 제자리에서조차 밀려난 나무들은 더러 있었지."

"저는 평생 한자리에만 있어야 하는 게 너무 답답해요."

"방법이 아주 없는 건 아니란다."

"어떻게요?"

작은나무가 눈을 반짝이며 물었다.

"혹, 화분이란 걸 본 적이 있느냐?"

"화분요? 그게 뭔데요?"

"하긴 이 집에서는 화분을 쓸 일이 없으니 앞으로도 쉽게 볼 일이 없겠지. 할아비도 아주 오래전에 이 집 아들이 하나 들고 온 것을 보았단다."

작은나무는 더욱 궁금해졌다.

"사람들이 쓰는 그릇 같은 것이지. 거기에 화초도 심고, 때로 우리 같은 나무도 심지. 네 꿈대로 나무가 이곳저곳 옮겨 다니며 살 수 있는 방법은 그것뿐이란다."

"그릇에 담겨서요?"

"때로는 수백 년 된 나무가 그런 그릇 위에 몸을 웅크리고 앉아 있을 때도 있지. 자기 뿌리로 땅속의 물을 힘차게 빨아올리는 것이 아니라, 사람이 뿌려 주는 몇 방울의 물로 목숨을 연명하는 모습을 한번 생각해 보아라."

"상상이 안 가요."

"밑동은 저기 자두나무만 하고, 키는 너보다 작다고 보면 되겠구나."

"그런 나무도 있나요?"

"있고 말고. 너도 그런 나무처럼 화분에 담겨 세상을 떠돌아다니고 싶으냐?"

"그런 작은 그릇에 담기는 건 싫어요."

"그럼 네가 할 수 있는 일은 지금 그 자리에서 나보다 더 깊고 단단하게 뿌리를 내리는 거란다."

"선택은 그것뿐인가요?"

"그것도 우리가 선택하는 것은 아니지. 선택은 사람이 하는 건데, 우리 밤나무는 그런 분재와는 어울리지 않는 나무지."

"그럼 밤나무인 제가 선택할 수 있는 것은 뭐죠?"

"평생 바람이나 구름과 같은 삶을 꿈꾸며 허공에 뿌리를 두듯 허술하게 서 있는 것과 이 골 안에 어느 나무보다 탄탄하게 뿌리를 내리고 서 있는 것, 그 둘 중의 하나란다. 그건 네 마음이고 의지니까."

"그럼 저는 어디로도 갈 수가 없나요? 저 산 위의 구름 같은 건 영영 만질 수 없겠네요?"

마침내 작은나무는 낙담하여 항의하는 듯한 목소리로 물었다.

"꼭 높은 산에 서 있어야지만 우리 손으로 구름을 만지고, 또 먼 세상을 바라볼 수 있는 것은 아니란다."

할아버지나무는 작은나무가 좀 더 자라면 높은 산의 나무들처럼 구름의 영혼과도 이야기할 수 있게 될 거라고 말했다. 그렇게 되면 바람과 구름이 전하는 이 세상의 모든 소식을 다 들을 수가 있었다. 또 자기 이야기를 바람과 구름에 실어 다른 세상에 전할 수도 있었다. 그게 나무가 세상과 이야기를 나누는 법이었다.

"할아버지도 바람과 구름에게 할아버지의 소식을 전해 본 적이 있나요?"

"나는 그 사람이 세상을 떠난 다음, 그 사람에 대한 이야기를 많이 했단다. 그 사람에 대한 내 그리움도 전하고, 또 그 사람이 살았을 때 마음으로 나눈 우정에 대해서도 이야기하고."

"그럼 다른 나무들이 나무와 사람 사이의 우정을 믿어 주던가요?"

"진실로 말하면 이 세상에 못 믿을 이야기가 없단다. 이 깊은 산속 마을에 살아도 우리는 한 번도 보지 못한 바다와 그 바다에 사는 고래와 어부의 이야기를 바람과 구름을 통해서 듣지."

바다와 고래라는 말만으로도 작은나무는 꿈을 꾸는 듯한 얼굴이 되었다.

"그렇지만 늘 아름답고 좋은 소식만 듣는 것은 아니란다. 때로는 바람결에 스며 있는 소금 냄새로 어떤 위험 같은 것을 느끼기도 하지."

"그건 어떤 건데요?"

"저 멀리 남쪽 바다에서 불어오는 태풍 소식도 우리는 사람보다 먼저 듣지. 우리 잎사귀를 흔들고 지나가는 작은 바람의 숨결로도 그걸 느끼고 준비하는 거지."

"지난해 내 열매를 다 빼앗아 갔던 바람 말인가요?"

"그래."

"그 소식은 누가 전해 주는 거죠?"

"바닷속의 나무인 해초들이 전해 주는 소식이지."

"지난해는 다시 생각하기도 싫을 만큼 너무 무서웠어요."

"다시 생각하기 싫어도 그 바람은 여름마다 몇 차례 우리를 흔들고 지나가지. 그런 바람에 맞서기 위해서라도 우리는 더욱 깊게 뿌리를 내려야 하는 거란다."

할아버지나무는 작은나무에게 어떤 깨달음을 주듯 이 한마디를 덧붙였다.

"우리 몸 가운데 바람 앞에 가장 약한 모습으로 흔들리는 게 잎 같아도 우리 몸을 또 바람 앞에 가장 튼튼하게 버틸 수 있도록 만들어 주는 것도 잎이란다. 그러니 얼른 잎을 내도록 하자꾸나."

냉이꽃과의 싸움

작은나무는 다시 열심히 잎을 내기 시작했다. 그러면서 며칠째 어느 나무의 잎이 가장 푸르고 예쁜지 마당 가의 나무들을 두리번 두리번 살펴보았다. 다른 나무들은 다 푸른 싹을 내밀고 있는데 저쪽 바잣문 옆에 서 있는 검은 나무 하나는 유독 앙상한 겨울나무 모습 그대로 서 있었다.

'참 이상하네. 얼어 죽었나.'

아무리 봐도 겨울을 넘기지 못하고 죽어 버린 나무 같았다. 마음대로 옮겨 다닐 수 있다면 살금살금 다가가 물기가 있나 없나 작은 가지라도 하나 꺾어 보고 싶은 마음이었다. 얼어 죽은 게 아니라면 다른 나무들 모두 잎을 내기 바쁜 시간에 혼자 겨울나무 모습 그대로 서 있을 까닭이 없었다.

화분에 담긴 나무 이야기를 할 때 할아버지나무로부터 들은 말도 그랬다. 나무에겐 뿌리가 공중의 가지보다 소중하며, 잎은 또 꽃보다 소중한 것이라고 했다. 할아버지나무는 작은나무에게 이렇게 물었다.

"여기 마당 가에 꽃이 먼저 피는 나무가 있고 잎이 먼저 피는 나무가 있단다. 보았으니 어떤 나무들인지 알겠지?"

"매화, 자두, 복숭아나무는 꽃부터 먼저 피우고, 우리 밤나무와 감나무는 잎을 먼저 피운 다음 꽃을 피워요."

"그럼 그 나무들의 차이도 알겠느냐?"

"꽃부터 먼저 피우는 나무들이 우리보다 일찍 일어나고 얼굴이 환하다는 것은 알겠어요."

"그것 말고 더 큰 차이가 하나 있단다. 꽃을 먼저 피우는 나무들은 이미 지난해 가을에 다음 해 봄에 피울 꽃의 양을 다 결정해 놓고 겨울잠에 든단다. 가지마다 꽃을 피울 자리까지 다 정해 놓고 말이지. 그리고 봄이 되어 날씨가 아무리 좋고 따뜻하다 해도 더 많이 피우는 것이 아니라 꼭 지난해 준비해 둔 만큼의 꽃만 피우지."

"그럼 우리는요?"

"우리는 봄과 초여름에 얼마나 열심히 새 가지를 뻗고 잎을 내느냐에 따라 해마다 피우는 꽃의 양이 달라지지. 그러니 지금부터 더 열심히 가지를 뻗고 잎을 내도록 하려무나."

그 말을 듣자 작은나무는 번쩍 정신이 나는 것 같았다. 그래서 지금 뿌리에서 연신 펌프질하듯 빨아들인 물과 양분을 가지며 잎사귀마다 실어 나르느라, 줄기 속의 물관들이 쉴 사이가 없었다. 그런데 바잣문 옆의 저 나무는 봄이 다 가는데도 아직 꿈쩍도 하지 않았다.

"저기 저 나무는 겨우내 얼어 죽었나 봐요."

"대추나무 말이냐?"

"예. 얼어 죽은 게 맞지요? 그러니 아직 잎을 내지 않지요. 다른 나무들은 모두 가지가 보이지 않을 정도로 잎을 내고 있는데 말이에요."

"작년엔 네가 네 잎을 내는 데 바빠 다른 나무들이 잎을 내는 모습을 미처 보지 못한 모양이구나."

"그러면 죽은 게 아닌가요?"

"어디 좀 더 지켜보자꾸나."

울 밑과 텃밭에도 무성하게 풀들이 자랐다. 아침저녁으로는 아직 날이 차지만 한낮은 초여름처럼 햇살이 따가웠다. 그래도 시커먼 가지의 대추나무는 감감하기만 했다.

그러는 사이 예전에 이 집 아들과 손자들이 가져다 심은 노란 수선화가 꽃밭 앞쪽으로 줄을 맞추어 피어났다. 할아버지나무는 수선화가 가만히 들여다보면 들여다볼수록 묘한 꽃이라고 말했다. 작은나무도 그 모습이 너무나 환해 자기 얼굴에 자기가 반할 만도 하겠다는 생각이 들었다. 조금씩 봄날이 깊어 가고 있었다.

작은나무는 눈길을 돌려 자기 발밑을 바라보았다. 개미 한 마리가 땅에서 벗어나 제 허리만큼이나 가는 꽃대 위로 기어 올라가는 모습이 보였다. 처음엔 꼬물꼬물 움직이는 개미만 보였는데, 거기 꽃대에 꽃이라고 부르기조차 민망할 만큼 작고도 볼품없는 흰 꽃 몇 알갱이가 피어나 있었다.

"얘, 너는 무슨 꽃이니?"

작은나무는 조금은 거만한 모습으로 내려다보며 물었다.

"나?"

"그래, 내 발밑에 있는 너 말이야."

목소리에도 저절로 거만함이 묻어났다.

"나는 냉이꽃이야."

작은 꽃은 가는 허리를 꼿꼿하게 세우고 대답했다.

"냉이? 참 희한한 꽃도 다 있네. 꼭 부서진 쌀알을 붙여 놓은 것 같은 게."

"너는 내 이름을 처음 들어 보는 모양이구나."

"달래, 냉이, 씀바귀, 하는 그 냉이 말이니?"

"알긴 아는구나."

"나는 아이들이 부르는 노래만 듣고 냉이라는 풀이 제법 대단한 줄 알았는데, 이제 보니 별거 아니네."

"왜? 내 모습이 실망스럽기라도 하다는 거니?"

"그걸 꼭 말해야 알겠니? 이왕 피어나려면 너도 저기 마당 가의 수선화 같은 모습으로 피어나지, 그래 가지고서야 어디 꽃이라는 말이나 제대로 하겠니?"

작은나무는 여전히 냉이꽃을 내려다보며 비웃듯이 말했다.

"너 정말 말을 함부로 하는구나."

"말이야 바른 말이지. 네가 여기에서 피어나기 다행이지, 만약 저 꽃밭에서 피어났더라면 그땐 어떻게 할 뻔했니? 그랬다면 수선화가 너도 꽃이 맞느냐고 물을지 모르겠다."

그쯤 되면 냉이꽃도 화를 낼 만한데, 냉이꽃은 오히려 놀라울 만큼 냉정한 태도를 유지했다. 그리고 조용한 목소리로 작은나무를 불렀다.

"애, 밤나무야. 너야말로 참 한심해 보이는구나."

"방금 내가 한 말이 기분 나쁘다 이거지?"

"글쎄. 네 말마따나 지금 이 모습이 우리 냉이꽃의 본래 모습이거든. 우린 봄마다 아무 땅에서나 뿌리를 내린 다음 다른 풀보다 먼저 꽃을 피우고 씨를 퍼뜨리지."

"그럼 내 말이 틀린 것도 아닌데, 왜 기분 나쁜 얼굴을 하는 거니?"

"그건 네가 이 세상의 모든 풀을 꽃 모양으로만 판단하기 때문이지."

"그러면 네 얼굴이 저 수선화보다 낫다는 거니?"

먼저 말을 함부로 하고도 오히려 발끈하여 대드는 쪽은 작은나무였다.

"아니. 나는 그렇게 말하지 않았어. 그리고 나는 꽃 모양으로만 우리 풀과 나무를 판단하지도 않고."

"그건 네가 다른 꽃들보다 키도 작고 못생겼으니까 그렇지."

"그렇다면 내가 너에게 하나 물어봐도 될까?"

"마음대로."

"너희 밤꽃은 목련꽃만큼 크고 환하니?"

그렇지는 않았다.

"그럼 매화꽃이나 벚꽃, 복숭아꽃만큼 예쁘고 화려하니?"

밤나무는 다시 말문이 막혀 버리고 말았다.

"그게 아니면 아카시아꽃만큼 꿀이 많니?"

"그렇지는 않지만 우리한테는 가을마다 알밤이 열리지."

"그래. 그게 너희 밤나무의 자랑이지. 꽃이 자랑이 아니라."

"너도 우리의 알밤 같은 자랑이 있다는 거니?"

"눈 속에서도 새파란 잎으로 봄이 온 것을, 집집마다 식탁 위의 나물로 알리는 것도 우리의 자랑이겠지. 너는 내가 저 꽃밭에서 피어났더라면 더욱 부끄러울 거라고 했지? 정말 그랬을 때 우리 냉이와 저 수선화 사이에 어떤 일이 벌어질지 알기나 하니?"

"네가 저 꽃밭에서 피어났다면 금방 잡초처럼 뽑히고 말겠지."

작은나무는 해서는 안 되는 말까지 하고 말았다. 그래도 냉이꽃은 끝까지 침착한 모습으로 밤나무를 쳐다보았다.

"너도 여기에 사니까 이 동네에 빈집이 늘어나는 건 잘 알고 있겠지?"

"그거야 사람들이 하나둘 농촌을 떠나니까 그렇지. 그게 너와 무슨 상관인데?"

작은나무는 여전히 퉁명스러운 얼굴로 말했다.

"그렇게 사람들이 떠나면 딱딱한 마당에 제일 먼저 날아와 자리를 잡는 게 어떤 풀인지 아니?"

"너희 냉이라는 얘기니?"

"아니. 그건 바랭이 같은 한해살이풀이거나 개망초 같은 두해살이풀 들이야. 지난해까지 사람이 밟고 다니던 마당이 금세 풀밭이 되고 말지. 그다음 해부터는 저쪽 들판의 쑥과 억새 같은 여러해살이풀이 힘으로 밀고 들어와 마당과 꽃밭을 점령해 버리고 말지. 그러다 삼 년째가 되면 어디서 날아오는지도 모르게 불나무와 가중나무 같은 키 작은 떨기나무들이 하나둘 침범해 들어오지. 그러면 사람이 옮겨 심은 저 화초들은 한 포기도 살아남지 못하게 돼."

"그럼 너희 냉이꽃은?"

"십 년이 되어 마당의 사정이 아무리 고약스럽게 바뀌어도 우리는 우리가 뿌리를 내린 땅을 절대 내놓지 않아. 우리 후손들을 위해 다른 풀이나 나무 들과도 맞서 싸우지."

"우리 밤나무와도 그렇게 싸운다는 거니?"

"물론이지. 그런 일이 있을 때 네가 너와 네 다음 나무를 위해 열심히 싸우듯 우리 역시 그렇게 싸우는 거지."

"너희들이 그렇게 힘이 세니?"

"힘이 세어서가 아니야. 그렇지만 사람들의 손길로 자라는 저 꽃밭의 화초들과는 처음부터 다르다는 거지. 아무 데서나 잘 자란다고 해서 우리의 이름도 들꽃이고. 우리는 어떤 꽃과 나무도 모양만 보고 판단하지도 않는단다."

작은나무도 그쯤에서 슬며시 부끄러운 생각이 들었다.

"너 작지만 정말 대단한 풀이구나. 이렇게 해서 또 하나를 배우는 것 같아. 아까 했던 말이 나를 몹시 부끄럽게 하는구나."

작은나무는 사과의 뜻으로 땅에서 가장 가까운 가지를 흔들어 보였다.

"괜찮아. 이렇게 해서 우리가 더 가까워졌는걸."

냉이꽃도 가는 꽃대를 흔들어 대답했다.

늦잠을 자고 일어난 대추나무

뻐꾹, 뻐꾹.

산에서 뻐꾸기의 울음소리가 들려왔다.

지난봄 마당 가의 모든 나무들이 꽃을 피우고 잎을 피울 때 대추나무는 늦게까지 잠을 잤다. 게으름뱅이 중에도 그런 게으름뱅이가 없었다.

매화나무와 복숭아나무, 자두나무와 살구나무는 잎을 다 낸 다음 벌써 염소 똥만큼이나 동글동글하게 자란 열매를 키워 가고 있었다. 그런데도 대추나무는 끄떡도 없었다. 그러다 산에서 뻐꾸기의 울음소리가 들리자 비로소 검은 가지 위에 툭 불거지듯 새싹을 내밀기 시작했다.

"이제 일어나서 언제 잎을 내죠?"

작은나무가 귓속말처럼 작은 소리로 할아버지나무에게 말했다.

"글쎄, 좀 더 지켜보자꾸나."

하룻밤 자고 일어날 때마다 대추나무는 몰라보게 빠른 속도로 잎을 냈다. 다른 나무들이 한 잎 두 잎 마지막 잎을 낼 때 대추나무는 굵고 긴 줄기를 엿가락 뽑듯 쭉쭉 뽑아내며 그 위에 어느 나무의 잎보다 더 반짝반짝 윤이 나는 새 잎을 내기 시작했다.

"와……."

"저 대추나무는 잎도 제일 늦게 피우지만, 꽃도 잎사귀보다 연한 색깔의 작은 꽃을 있는 듯 없는 듯 겸손하게 피운다고 해서 다들 양반나무라고 부르지."

"그렇지만 너무 게으르잖아요."

"그렇게 생각할 수도 있지. 우리보다 일찍 겨울잠에서 깨어나는 매화나무나 벚나무가 본다면 더욱 그렇고. 그렇지만 네가 아직 모르는 힘을 저 게으름뱅이 나무가 가지고 있단다."

"어떤 힘을요?"

"꽃 필 때를 잘 지켜보렴."

"꽃도 크게 모양 없다면서요."

"그렇게 말하자면 우리 밤꽃도 크게 볼품 있는 것은 아니지."

할아버지나무는 작은나무가 아직 모르는 대추나무의 힘에 대해서 말해 주었다.

"저 나무는 늦게 겨울잠에서 깨어나는 대신 지금처럼 빠른 속도로 줄기를 내고 잎을 내지. 그리고 다른 나무는 한 해 한 번 꽃을 피우는데, 저 나무는 초여름부터 늦여름까지 지치지 않고 계속 꽃을 피운단다."

"그럼 열매는요?"

"먼저 꽃을 피운 자리에 열매를 맺지. 그것이 어느 정도 굵어진 다음에도 계속 꽃을 피워 열매를 맺고, 그다음에도 꽃을 피워 열매를 맺어 가을에 한꺼번에 익히는 거야. 그래서 사람들은 대추나무가 일 년에 세 번 꽃을 피운다고 말하는 거란다."

"어떻게 그럴 수가 있죠?"

"어느 한 해 거르는 법 없이 열매를 많이 맺는 것도 바로 그래서란다. 장마가 일찍 오는 해엔 늦게 핀 꽃에서, 장마가 늦게 오는 해엔 일찍 핀 꽃에서 가득가득 열매를 맺으니까."

"늦게 일어난다고 만만히 봤더니 그게 아닌가 봐요."

"다른 나무들 기준으로 보면 그렇지만, 사실 긴 겨울잠을 자며 저 나무는 다른 나무보다 더 충실한 여름 준비와 가을 준비를 하는 게야. 또 대추나무는 밖으로 나온 모든 가지에서 꽃을 피우고 열매를 맺거든."

"저는 그런지도 모르고 게으름뱅이 나무라고 속으로 은근히 놀렸거든요."

"나도 대추나무가 처음 이 집 마당에 왔을 때 그랬단다. 그런데 가만히 지켜보니 그게 아니었단다. 다른 나무들 모두 요란스럽게 꽃과 잎을 피우며 봄맞이를 하면 덩달아 마음이 조급해질 텐데, 꾹 참고 자기 시간을 기다리는 것도 대단한 인내심이지."

"정말 다시 봐야겠어요."

"그래서 어떤 나무도 겉만 보고 판단해서는 안 되는 거란다."

"그러고 보면 산과 들만 넓은 게 아니라, 이 작은 마당 가의 세상도 참 넓어요."

"우리가 나무로 한세상을 살다 보면, 매화나무나 벚나무처럼 다른 나무보다 일찍 꽃을 피워 부러움을 사는 나무가 있지. 반대로 비록 시작은 늦었지만 늦은 만큼 더 알차게 자신을 채워 가는 나무도 있는 거란다."

"그럼 우리 밤나무는요?"

"그야 세상을 두루 이익 되게 하는 나무가 되어야 하지 않겠느냐?"

작은나무는 할아버지나무의 그런 말이 참 듣기 좋았다.

때로는 말이라는 게 참 이상했다. 어떤 말은 듣기만 해도 저절로 힘이 나고, 또 스스로 자랑스러워지기도 했다.

빗속에 꽃을 피우고

어느새 마을 맞은편 쪽 산에 눈처럼 하얗게 아카시아꽃이 피었다. 바람이 불면 온 마을이 꽃향기로 가득했다. 벌들도 모두 그곳으로 날아가 부지런히 꿀을 따 날랐다.

산속의 뻐꾸기 울음소리도 한결 빨라졌다.

가지도 어지간히 뻗고 잎도 어지간히 피웠다.

"자, 이제 우리도 꽃에 힘을 내자꾸나."

할아버지나무가 작은나무에게 말했다.

나무가 꽃을 피우는 일은 같은 나무들끼리 벌이는 축제이기도 하면서 온 세상에 자신의 씨를 퍼뜨리는 일의 준비이기도 했다. 지난해 작은나무는 태어나 처음으로 열네 송이의 꽃을 피워 보았다. 그중 세 송이에 열매가 달렸지만 가을이 되기 전 모두 떨어지고 말

왔다. 연습이어도 그것은 혹독한 일이었다.

작은나무는 그때의 일을 생각하며 올해 새로 뻗은 가지에서 난 잎과 잎 사이마다 조심스럽게 노란 막대 모양의 꽃을 내밀기 시작했다. 여왕벌이 벌집 칸칸이 알을 낳을 때처럼 온 정성을 다해 잎과 잎 사이에 꽃대를 밀어냈다. 쳐다보니 할아버지나무도 푸른 잎 사이에 하얀 뭉게구름을 띄우듯 열심히 꽃을 피우고 있었다.

"할아버지, 꽃을 많이 피우면 열매도 많이 맺나요?"

당연한 말 같지만, 작은나무는 어느 때보다 신중한 마음으로 할아버지나무에게 물었다.

"당장 열매야 더 많이 맺겠지만 꽃이 많다고 무조건 좋은 것도 아니란다."

"그러면 어느 정도 피워야 하나요?"

"지레 지치지 않을 만큼 피우면 되지. 피운 꽃 모두 열매를 맺는 것도 아니고."

"저는 대중을 잘 못하겠어요."

"너야말로 올해 첫 열매를 맺을 텐데. 몇 개쯤 맺고 싶으냐?"

"할 수 있다면 많이요."

"녀석, 욕심도 많구나. 그렇지만 첫 열매 준비를 너무 요란하게 하는 것도 좋은 것은 아니란다. 언제나 적당한 게 좋지."

"그래도 저는 많이 피우고 싶어요. 그래서 봄에 가지를 낼 때 꽃 피울 자리를 많이 준비해 두었어요."

"그렇다면 마음껏 피워 보아라."

작은나무는 힘닿는 대로 매일 열심히 꽃을 피웠다. 제 몸에 비해 조금 많이 피운다 싶기도 했다. 닷새쯤 지나자 양쪽으로 벌어진 가지와 그 가지에서 다시 벌어진 가지 전체에 스무 개도 넘는 꽃이 피어났다. 꽃을 피우던 첫날부터 어디에서 날아왔는지 매일 벌들이 날아와 작은나무의 꽃과 몸을 간질였다. 벌들은 쉬지 않고 이 꽃에서 저 꽃으로 옮겨 다니며 잉잉거렸다. 일 년 동안이나 꿈을 꾸듯 기다려왔던 친구들이었다.

그러다 갑자기 비가 내렸다. 할아버지나무도 작은나무도 비에 흠뻑 젖고 말았다. 비가 오면 매일 날아오던 벌들도 날아오지 않았다. 애써 피운 꽃의 꽃가루가 물에 씻기고, 먼저 핀 꽃들도 비에 뭉쳐 버리고 말았다.

"이제 어떻게 해요, 할아버지?"

작은나무는 울상이 되어 말했다.

이럴 땐 할아버지나무도 어쩔 수가 없었다. 하늘을 쳐다보며 비가 그치기만 기다릴 뿐이었다. 꽃이 작다면 잎으로 가려 보기라도 하겠지만, 밤꽃은 잎보다 더 긴 막대형 꽃이었다.

"이미 피우기로 한 꽃은 계속 피워라."

할아버지나무가 단호한 목소리로 말했다.

"이렇게 비가 오는데도 말인가요?"

"봄에 매화나무를 보지 못했느냐? 비가 아니라 그보다 더한 것이 내려도 우리 나무는 제 시기를 놓치지 말고 꽃을 피워야 하는 거란다."

"꽃은 피워서 무얼 해요? 이렇게 다 젖고 마는데."

"무얼 하다니?"

"먼저 피운 꽃도 비에 다 엉켜 버리고, 지금 피우는 것도 꽃가루가 그냥 다 떨어지고 말잖아요."

"그래도 피워야 한다. 맑은 날 피운 것보다는 못하겠지만, 그래도 맺을 열매들은 어떻게든 맺는 법이니까."

"막 화가 나요. 비한테도 그렇고, 비가 오는데도 꽃을 피우는 나한테도 그렇고요."

"비가 온다고 해서 이미 정해 놓은 꽃을 줄이고 말고 하는 게 아니란다. 네가 정해 놓은 것은 어느 경우에나 정성을 다해 피워야 하는 게야. 비가 온다고 꽃을 안 피우면 그나마 그것마저 놓치고 말지 않겠니?"

작은나무는 빗속에서 울면서 꽃을 피웠다. 얼마 전 열심히 잎을 피울 때에도 이렇게 비를 맞은 적이 있었다. 그때는 한창 봄 가뭄이 들던 때여서 잎을 내면서 얼마나 비를 기다렸는지 모른다. 땅속에서 물을 빨아올리던 뿌리도 연신 갈증에 시달렸다. 그러다 새로 낸 잎에 빗방울이 떨어질 때는 그것이 마치 축복처럼 여겨졌다.

그러나 그때에도 지금 자기처럼 꽃을 피우던 나무와 풀이 있었을 것이다. 매화나무가 꽃을 피운 다음 비보다 더한 눈을 맞았을 때 자신은 그걸 고소해하기까지 했다. 작은나무는 비로소 나무든 풀이든 꽃 한 송이를 피우는 일이 얼마나 힘들고 가슴 졸이는 것인가를 알았다. 아마도 그건 자기가 꽃 같지 않다고 비웃었던 냉이꽃도 마찬가지였을 것이다.

다행히 비는 이틀 만에 멈추어 주었다. 그러나 그제와 어제 빗속에 피운 꽃들은 나중에 거의 다 말라 떨어질 거라는 걸 작은나무도 잘 알고 있었다. 슬프지만 그건 어쩔 수 없는 일이었다. 작은나무는 사흘 더 바짝 기운을 내어 꽃을 피웠다.

그러면서 조금은 슬픈 마음으로 먼저 피운 꽃들과 피자마자 꽃가루가 씻긴 꽃들을 바라보았다.

'아니, 이건…….'

작은나무는 안타까운 마음으로 어루만지듯 제 몸을 바라보다가 깜짝 놀라고 말았다. 드문드문 꽃자루 끝에 콩알만 한 밤송이들이 푸른 구슬처럼 매달려 있는 게 보였다. 비가 오기 전 벌들이 꽃가루를 날라 묻혀 놓은 밤송

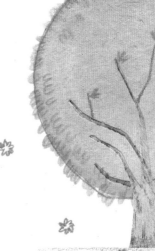

94

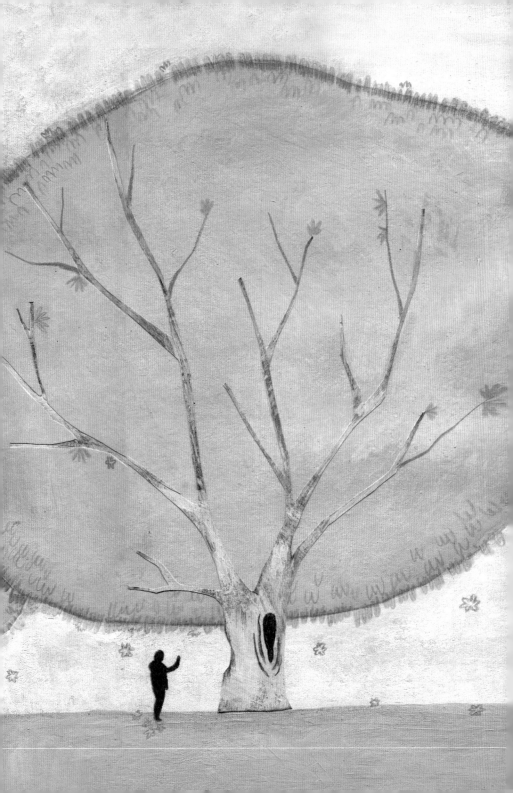

이들이었다. 그중에는 빗속에 피운 꽃인데도 나중에 벌이 날아와 꽃가루를 묻혀 준 밤송이도 있었다.

"할아버지!"

작은나무는 감격하여 할아버지나무를 불렀다.

"꽃도 지지 않았는데 벌써 열매가 보여요!"

어림잡아도 그런 콩알만 한 밤송이가 열 개는 되는 것 같았다. 그렇다면 비 온 다음에 피워 낸 꽃에서도 몇 개의 밤송이가 더 달릴 것이다. 작은나무는 하늘을 향해 큰 숨을 내쉬었다. 이제 겨우 꽃을 피운 것이지만 스스로 생각해도 자신이 자랑스러웠다. 할아버지나무도 그런 작은나무를 빙그레 웃으며 내려다보았다.

작은나무에게는 첫 열매 준비를 너무 요란하게 하는 게 좋지 않다고 말했지만, 할아버지나무야말로 자신의 나이를 잊고 온 정성을 다하여 꽃을 피웠다. 그 사람이 떠난 이후 열매 욕심을 많이 줄이며 살았으나 올해는 왠지 꽃을 피우는 것도 열매를 맺는 것도 마지막일 것 같은 생각이 들었다. 그래서 스스로 무리를 한다 싶을 만큼 많은 꽃을 피웠다. 작은나무가 쳐다보고 흰 구름 같다고 말한 것도 틀린 말이 아니었다.

한 그루의 감나무가 되려면

할아버지나무가 작은나무와 함께 진한 밤꽃 향기를 뿜으며 꽃을 피울 때 저쪽 마당 가와 덧밭에 오랜 세월 함께 꽃을 피워 온 나무가 있었다. 감나무였다. 지금은 예전처럼 많지 않지만, 한때는 오백 접도 넘는 곶감이 가을마다 이 집 감덕대와 처마 밑에 주렁주렁 매달리곤 했다. 모두 그 사람이 심은 나무에서 딴 감이었다. 그러나 그 나무들은 자기 수명을 다하고, 지금 서 있는 나무는 그 사람의 아들과 손자들이 심은 것들이었다.

다른 꽃들은 꽃이 필 때 더 눈길을 끄는데, 감꽃은 꽃이 질 때 더 눈길을 끌었다. 그것들은 넓고 두꺼운 감잎 속에 숨어 있다가 어느 날 탁탁 튕겨 나오듯 마당에 떨어졌다. 그러면 동네 아이들 모두 노란 바가지를 들고 와 감꽃을 주웠다. 할아버지나무는 마당에 떨어지는 감꽃을 볼 때마다 늘 그 시절의 추억에 잠기곤 했다. 아이들은 그걸 실에 꿰어 목걸이처럼 목에 두르기도 하고 또 먹기도 했다.

할아버지나무가 이 세상에 나왔을 때만 해도 마당 가에는 감나무가 한 그루밖에 없었다. 그건 예전부터 이 터에 서 있던 나무였다.

그 사람은 온 산에 밤을 심고 난 다음 해, 텃밭 가에 새로 감 씨 몇 개를 심었다. 그리고 그것이 세 해쯤 자라자 어느 봄날 아침, 아내와 함께 텃밭으로 나와 새파랗게 날이 선 칼로 어린 감나무의 밑동을 잘랐다.

아악, 하고 어린 감나무가 비명을 질렀다. 그때 할아버지나무는 네 살밖에 되지 않았다. 지금 작은나무보다 어릴 때여서 그 소리에 함께 깜짝 놀라고 말았다.

어린 밤나무는 부들부들 떨며 그 사람의 다음 행동을 지켜보았다. 그 사람은 감나무를 잘라 낸 자리를 깊숙이 찢고 거기에 다른 감나무 가지를 넣어 맞춘 다음 다시 끈으로 친친 동여맸다. 한 나무만 그렇게 한 것이 아니라 마당 가와 텃밭에 심은 나무 모두 그렇게 했다.

"이렇게 해 놓으면 이제 몇 년 후에 열매가 달리겠지."

그 사람이 아내에게 말했다.

'아니, 잘 자라고 있는 나무를 왜 잘라 내지? 그리고 거기에 다른

나무 가지를 이어 붙이는 건 또 무엇 때문이지?'

아직 어린 밤나무는 그 뜻을 알 수 없었다.

그러다 점차 자라면서 알게 되었다. 감나무는 밤나무나 대추나무
처럼 감 씨를 심는다고 바로 감나무가 올라오는 것이 아니었다. 아
무리 큰 감의 씨를 심어도 나중에 보면 겨우 밤톨만 한 열매가 달
리는 돌감나무가 올라왔다. 진짜 주먹만 한 감이 열리는 나무로 만
들자면 그런 돌감나무나 도토리만 한 열매가 달리는 고욤나무에
감나무 가지로 접을 붙여야 했다.

그 나무는 제 몸을 잘라 낸 자리에 다른 나무의 가지를 받아들이
는 아픔 속에 비로소 '감나무'라는 이름을 얻는 것이었다. 그래서
감나무마다 밑동에 울퉁불퉁한 상처가 있었다.

할아버지나무는 어릴 때부터 그 모든 과정을 지켜보며 자랐다.
밤나무는 산에 심는 것이어서 한꺼번에 많이 심을 수 있지만, 감나
무는 그것만 심는 밭이 따로 있는 게 아니어서 한꺼번에 많은 나무
를 심을 수 없었다. 밭에는 곡식을 심고, 밭둑에 감나무를 심었다.
그 사람은 밤을 팔아 논밭을 늘릴 때마다 밭둑에 새로 감 씨나 고
욤 씨를 심고 거기에 감나무 가지로 접을 붙였다.

오랜 세월 그 모습을 지켜보는 가운데, 할아버지나무도 가끔 자
신이 나무라는 걸 잊고 이 집 식구 중의 하나로 생각할 때가 많았
다. 그리고 함께 마당을 지켜 온 저쪽의 늙은 자두나무와 감나무 들

을 한집 형제처럼 여기며 살아왔다. 지금 이 집 마당 가에 서 있는 감나무들조차 모르는 지난 시절의 친구를 할아버지나무는 추억하고 있는 것이었다.

꽃 욕심을 줄여라

매화나무와 앵두나무는 이미 열매를 거두고, 뒤늦게 대추나무가 하루도 쉬지 않고 줄줄이 꽃을 피우고 있었다. 해는 하늘 꼭대기까지 닿았다가 오후 늦게야 졌다. 봄에 처음 나올 때만 해도 꽃잎처럼 부드럽던 이파리가 어느새 얇은 가죽처럼 질겨졌다.

그런데도 할아버지나무는 틈틈이 작은나무에게 말했다.

"잎사귀에 닿는 것 하나도 흘리지 말고 빛을 모으렴."

작은나무도 그것이 나무에게는 밥보다 소중한 기운이라는 것을 잘 알고 있었다. 낮이면 활짝 잎을 펼쳐 햇빛을 받아들였다. 그리고 뿌리에서 올라오는 양분을 가공해 몸의 중심인 줄기로 보냈다. 이파리 하나하나가 쉴 새 없이 움직이는 작은 탄수화물 공장 같았다.

"이 세상에 살아 있는 것이 다 그렇듯 나무에게도 여름이 제일 중요하단다. 사람이 여름에 놀면 가을을 준비하지 못하듯, 우리 나무도 여름에 잎이 놀면 다음에 아무것도 없는 게야."

"그 정도는 이제 저도 알아요, 할아버지."

"열매도 신경 써야겠지만, 우선은 기지개를 켜듯 몸을 쭉쭉 밀어 올리렴."

작은나무는 매일 뿌리와 잎에서 만든 영양분을 줄기로 모았다. 지난해에 이어 다시 첫 열매 맺기에 도전하고 있어도 아직은 키가 너무 작았다. 할아버지나무 말대로 위로 더 자라올라 더 많은 햇빛을 받아야 했다. 그러지 않으면 몸통도 자라지 못하고, 가지도 많이 뻗을 수가 없었다.

"너는 이 집의 주인이 되어야 할 나무란다. 그러기 위해서는 무엇보다 욕심을 참는 법부터 배워야지."

"저 욕심 안 부려요, 할아버지."

"지난번 꽃을 피울 때 보니 욕심도 그런 욕심이 없던걸 뭐. 어차피 한 번은 네 마음껏 피워 본 다음 스스로 깨닫는 게 좋을 것 같아서 할아비가 그냥 두었던 게야."

"꽃 욕심을 내는 게 부끄러운 일은 아니잖아요."

"한 해를 살다 가는 풀이라면 당연히 꽃과 열매에 욕심을 내야지. 하지만 우리 나무는 백 년도 살고 천 년도 사는 몸들이란다. 오래 살며 열매를 맺자면 우선 제 몸부터 튼튼하게 만들어야겠지. 네 몸이 어느 정도 자랄 때까지는 꽃보다는 줄기와 잎에 더 힘을 써야 하는 게야."

그래서인지 요 며칠 사이 작은나무는 자주 피곤함을 느끼곤 했다. 처음에는 너무 강하게 내리쬐는 햇빛 때문에 그런 줄 알았는데, 알고 보니 꽃과 열매에 너무 욕심을 낸 때문이었다.

"그때 제가 비가 온 다음엔 꽃을 피우고 싶지 않다고 했는데도 할아버지가 끝까지 피우라고 하셨잖아요."

작은나무는 그게 마치 할아버지나무 때문인 것처럼 말했다.

"이미 네가 정해 놓은 것을 안 피운단 말이냐? 그건 한번 정하면 물릴 수 없는 세상과의 약속이고 네 몸과의 약속인걸."

그 말에 작은나무는 입을 다물었다. 봄에 가지를 뻗고 잎을 낼 때부터 줄기보다 꽃에 더 신경을 썼던 것이다.

"한 번의 실수는 오히려 좋은 경험이 되지. 앞으로 네 키가 저기 산수유나무만큼 자랄 때까지는 꽃 욕심을 줄이렴."

"……."

"당장 이번 여름에도 내년에 피울 잎눈부터 충실하게 만들어 놓아야 한단다. 보기엔 꽃이 더 화려해도 잎과 줄기는 언제나 우리 나무의 힘이란다."

"그럼 열매는 어떻게 해요?"

"그거야말로 우리 나무의 영광이지. 그 영광을 게을리하지 않기 위해서라도 잎과 줄기로 우리 몸을 먼저 잘 가꾸어 놓아야 한다는 뜻이야."

작은나무는 지금 몸에 달고 있는 열매 하나하나가 너무도 소중한데, 그런 열매보다 잎을 더 귀하게 여기는 할아버지나무의 말이 때로는 서운하게 들렸다.

"모두 몇 개냐?"

다시 할아버지나무가 물었다.

밤송이는 이 가지 저 가지의 것을 합쳐 모두 일곱 개였다. 꽃이 필 때 날씨가 좋았다면 몇 개는 더 달고 있을 것이었다.

"일곱 개요."

"여태 많이도 달고 있구나."

그러나 작은나무는 그것을 조금도 많다고 여기지 않았다. 꽃이 졌을 땐 두 배도 넘게 달려 있었는데, 하나둘 떨어지고 남은 게 그것이었다. 작은나무는 어떻게든 가을까지 그것을 가져가 보란 듯 열매를 익힐 생각이었다.

"그중에 하나라도 제대로 익히면 좋으련만……."

할아버지나무의 말에 작은나무는 다시 섭섭한 마음이 일었다.

"할아버지도 많이 달고 계시잖아요?"

작은나무는 볼멘소리로 말했다.

"그래. 할아비도 많이 달았지."

"그런데 왜 저보고만 많이 달았다고 하세요?"

"그건 가을이 지나 우리가 다시 겨울잠에 들 때쯤이면 알게 될 게야."

그러나 작은나무는 토라져 할아버지나무의 말이 제대로 귀에 들어오지 않았다.

놀고먹는 벌도 도움이 된다

여름에 가장 먼저 찾아온 위기는 장마였다. 꽃을 피울 때 하루 이틀 내리는 비만 무서운 줄 알았는데, 열매를 단 다음 닷새고 일주일이고 쉴 새 없이 내리는 장마는 그것보다 더 끔찍했다. 며칠 계속 햇볕을 받지 못해 뿌리에서부터 가지 끝까지 온몸에 물기가 넘쳐나는 듯했다.

"왜 이렇게 해가 안 나죠? 아침인지 저녁인지 알 수 없어요."

"장마가 길면 스무 날도 가고 한 달도 가지. 익어야 할 곡식들이 익지 못하고 밭에서 그냥 썩고 마는 해도 있었단다."

"우리 나무는 어떻게 되나요?"

"나무들도 마찬가지지. 여름 과일이고 가을 과일이고 이제 하나둘 꼭지가 빠지기 시작할 거야. 장마 앞에선 어느 나무나 다 마찬가지지."

질금질금 비가 내리며 할아버지나무의 발밑에는 이미 작은 밤송이들이 숱하게 떨어져 있었다. 작은나무는 할아버지나무가 이제 기운이 없기 때문이라고 생각했다. 옆에서 봐도 할아버지나무는 많은 열매를 맺고도 자기처럼 온 힘을 다해 그것을 붙잡고 있지 않은 듯했다. 그럴 거면 꽃은 왜 많이 피우고, 열매는 또 왜 많이 달고 있는지 알 수 없었다. 작은나무가 그런 생각을 하는 동안에도 할아버지나무 발밑 아래로 다시 밤송이가 한 개 떨어졌다.

작은나무는 빗속에 멀거니 할아버지나무를 바라보았다. 할아버지나무는 우람하기는 하지만 여기저기 살이 부러지고 구멍이 뚫린 낡은 우산처럼 온몸으로 비를 맞으며 묵묵히 서 있었다. 예전에 새들이 뚫어 놓은 구멍 주변도 축축하게 젖어 들었다. 버섯들이 몸을 의지하고 있는 밑동 부분도 물이 줄줄 흐를 정도로 썩어 들어가고 있었다.

"할아버지."

"왜?"

"할아버지는 발밑에 떨어진 밤송이들이 아깝지 않으세요?"

"나라고 왜 안 아깝겠느냐? 그렇지만 모든 꽃이 다 열매가 되는 게 아닌 것처럼, 열매도 처음 달린 게 끝까지 다 익는 건 아니란다."

"그래도 중간에 떨어지면 그때까지 들인 공이 아깝잖아요."

"처음 열매를 준비할 때는 마지막 익을 때의 것과 비교해서 서너 배는 많이 가지고 시작하는 거란다. 힘이 부칠 때마다 하나씩 덜어 내는 걸로 기운을 차리며 가을까지 가는 거지."

"그럼 처음부터 가을에 익을 것만큼만 달면 어떨까요? 가을에 열 개가 익는다면 처음 열매도 열 개만 다는 거죠. 그러면 허튼 기운을 쓰지 않아도 되잖아요."

"그럼 가을에 두 개나 세 개도 안 남을 게다."

"왜요?"

"지난번에 우리가 꽃을 피울 때 벌들이 날아왔지?"

"예."

"벌들의 힘으로 우리가 열매를 맺지만, 그 벌하고 우리 나무 열매하고 비슷한 게 하나 있단다."

"벌은 여기저기 날아다니고, 우리 나무는 한자리에 가만히 있는데도요?"

"할아비가 오랜 세월 여기에 서 있으면서 꿀 따러 오는 벌들을 지켜봐서 아는 일이란다. 어떤 벌통에 백 마리의 벌이 있다면 그중 스무 마리만 열심히 꿀을 따 간단다. 예순 마리는 꿀을 따는 것도 아니고 안 따는 것도 아니게 대충대충 일하지. 그리고 나머지 스무 마리는 제대로 꿀 한번 따 가는 법 없이 매일 놀면서 남이 따 오는 꿀을 먹는단다."

"그러면 열심히 일하는 벌들이 화가 나지 않나요?"

"벌들도 그렇겠지만 벌통 주인도 몹시 화가 나겠지. 그래서 놀고먹는 벌 스무 마리를 쫓아 버리면 어떤 일이 생길 것 같으냐?"

"그러면 열심히 일하는 벌과 대충대충 일하는 벌만 남지요."

"그런데, 그렇지가 않단다. 놀고먹는 벌 스무 마리를 내쫓아 여든 마리가 되면 그중 열여섯 마리만 열심히 꿀을 따 가고, 마흔여덟 마리는 대충대충 따 가고, 또 열여섯 마리는 놀고먹는단다."

"정말요?"

"언뜻 생각하기엔 열심히 일하는 벌 네 마리만 줄어든 것 같지만, 전체로 따지면 계산이 그렇게 간단하지 않단다. 가을에 꽃이 다진 다음에 보면 백 마리가 겨우내 먹을 꿀의 양이 여든 마리가 먹을 양으로 줄어들어 있는 게야. 어떤 벌을 없애든 그 벌통에서 없앤건 꿀을 따는 벌 스무 마리와 그 벌들이 먹고 남을 겨울 양식인 거지."

"그게 우리 나무들과 무슨 상관이죠?"

"꿀을 따는 벌만 벌통에 꿀을 채우는 것이 아니라 놀고먹는 벌 스무 마리도 나중에 보면 전체 꿀의 양에 도움이 된다는 얘기지. 우리가 피운 것 중에 열매를 맺지 못한 꽃들과 중간중간 이렇게 떨어지는 열매들도, 알고 보면 가을에 거두는 열매에 다 도움이 되는 거란다. 네 말대로 처음부터 꼭 그만큼만 꽃을 피우고 열매를 맺으면 마지막엔 그것의 반의반도 남아 있지 않을 게야."

"그런데 왜 저보고는 꽃 욕심과 열매 욕심을 줄이라고 하시는데
요?"

"그거야 네가 아직 어린 나무이기 때문이지. 지금 열매 한 개를
더 맺고 덜 맺고 하는 게 중요한 게 아니라, 이다음 더 많은 꽃과 열
매를 맺기 위해 그렇게 하라는 것이지."

장마를 넘기고

할아버지나무와 작은나무가 이야기를 나누는 동안에도 비는 줄기차게 내렸다. 작은나무는 열매를 붙잡고 있는 꼭지에까지 빗물이 스며들어 자꾸 기운이 빠지는 느낌이었다.

"아, 어쩌면 좋아요, 할아버지?"

달도 별도 없이 비만 내리는 한밤중에 작은나무는 할아버지나무를 불렀다. 보이는 건 아무것도 없고, 들리는 건 오직 잎사귀를 두드리며 내리는 빗소리뿐이었다.

"이렇게 단단히 붙잡고 있는데도 자꾸 열매가 떨어져 나가려고 해요."

"그러면 놓아야지."

할아버지나무는 어둠 속에서 냉정한 목소리로 말했다.

"그러기 싫어요!"

"약한 것부터 놓아라. 힘이 빠지는 것부터."

"싫어요!"

"전부 다 잃고 싶은 건 아니겠지?"

"싫다니까요!"

"지금 일곱 개를 달고 있는 것도 너한테는 무리야. 네 몸이 상한다고."

"그래도 싫어요!"

작은나무는 악을 쓰듯 대답했다.

저쪽 가지 끝에 제일 작은 밤송이를 붙잡고 있는 손의 기운이 점점 빠져나가고 있었다. 세게 붙잡으려 하면 할수록 물기가 가득한 손은 점점 더 미끄러워지기만 했다. 비가 조금 그치는가 싶은 새벽, 작은나무는 결국 그 열매를 놓치고 말았다.

"아, 가지 마!"

그러나 열매는 이미 발밑으로 떨어지고 말았다. 할아버지나무는 그 모습을 보고도 보지 않은 것처럼 아무 말도 하지 않았다. 작은나무 역시 할아버지나무에게 아무 말을 하지 않았다. 빗줄기가 굵어졌던 지난밤 사이 할아버지나무 아래에는 다시 많은 밤송이들이 떨어져 있었다.

할아버지나무와 작은나무 사이에 서먹한 기운이 감돌았다. 할아버지나무는 자신의 말을 듣지 않는 작은나무를 말없이 지켜보았고, 작은나무는 아무런 위로의 말을 건네지 않는 할아버지나무의 냉정함이 섭섭했다.

작은나무의 몸에서 또 하나의 밤송이가 떨어져 나간 것은 다음 날 오후의 일이었다. 비가 그치고 해가 나서 이제 평온한 시간이 돌아왔는가 싶었다. 그런데 갑자기 쨍쨍 내리쬐는 햇빛에 어지럼증 같은 것이 밀려들며 자기도 모르게 또 하나의 열매를 놓치고 말았다. 장마 동안 온몸에 너무 많은 물기가 배어 있었다.

"아아, 정말……."

작은나무는 울고 싶은 마음이었다. 여름이 반도 지나지 않았는데 몸에 남은 열매는 다섯 개밖에 되지 않았다. 지난해는 이때쯤 세 개가 남았고, 그것들 모두가 가을이 되기 전에 떨어지고 말았다. 작은나무는 저도 모르게 부들부들 몸을 떨었다. 그런데도 할아버지나무는 그러기로 작정이라도 한 듯 그 모습을 가만히 지켜보기만 했다.

작은나무의 고집

장마가 전부는 아니었다.

더 큰 위기는 장마 뒤의 바람과 함께 왔다.

그것은 여름과 가을 사이의 일이었다. 장마가 끝난 다음 스무 날도 넘게 맑은 날들이 이어졌다. 그러다 어느 날 새벽부터 심상치 않은 바람의 느낌이 전해졌다. 작은나무는 코를 킁킁거리며 바람의 냄새를 맡기 시작했다. 아직 바람이 이곳까지 오지는 않았지만 바람보다 먼저 공기 중에 떠도는 소금 냄새 같은 것이 맡아졌다.

"할아버지."

작은나무는 조심스럽게 할아버지나무를 불렀다.

"전에 할아버지께서 말씀하시던 소금 냄새 같은 게 멀리서 올라오는 것 같아요."

"그래?"

작은나무의 말에 할아버지나무도 함께 코를 큼큼거렸다. 다른 때처럼 일찍 맡지는 못했지만 그것은 틀림없는 소금 냄새였다.

"이제 어떻게 하죠?"

같은 바닷바람이어도 그것은 멀리 남쪽에서 거센 힘으로 불어오는 태풍이었다. 지난해 작은나무는 그 바람 속에 세 개의 밤송이 중 두 개를 잃고 말았다. 워낙 강한 바람 앞에 몸이 풀처럼 땅에 깔리며 언제 떨어져 나갔는지도 모르게 밤송이 두 개가 한꺼번에 떨어져 나갔다. 지금 작은나무의 몸에는 다섯 개의 밤송이가 매달려 있었다. 열흘 가까이 이어진 장마 속에서 할아버지나무의 말을 어기면서까지 악착같이 지켜 온 것들이었다.

할아버지나무는 다시 차분한 목소리로 작은나무를 불렀다.

"이제 큰 바람 앞에 오는 소금 냄새도 먼저 맡을 줄 알 만큼 너도 많이 자랐구나."

"예, 할아버지."

"지금 올라오고 있는 바람이 얼마나 큰 바람인지는 이 냄새만 가지고는 아직 잘 모른단다. 어떤 바람은 기왓장을 날릴 만큼 세고, 또 어떤 바람은 진흙과 돌로 쌓은 담을 허물어 버리기도 하지."

"할아버지가 본 것 중에 가장 센 바람은 어떤 바람이었나요?"

"그것은 황소의 무릎을 꿇리는 바람이었단다."

"그런 바람은 담을 허무는 바람보다 더 센가요?"

"그렇다마다. 그렇지만 그런 바람 속에서도 가지 하나 다치지 않는 나무들이 있는가 하면, 겨우 잎 몇 개 훑고 지나가는 바람에도 뿌리가 뽑혀 뒤로 넘어가는 나무들이 있지. 그럴 때 쓰러진 나무들은 바람만 탓하지. 하지만 문제는 뿌리를 탄탄하게 하지 않은 자기한테 있는 게야."

"곧 바람이 불어올 텐데 이 열매들은 어떻게 하나요?"

"나무에겐 열매보다 소중한 게 몸이란다. 바람이 오면 우선 발끝에 힘을 주듯 뿌리에 단단히 힘을 주어라. 그리고 바람에 맞서지 말고 탄력을 이용해 바람의 움직임에 몸을 맡기면 되는 거야."

"그러면 열매는요?"

"네 몸이 안전해야 열매도 안전하게 지켜 내지."

"몸만 안전한 건 싫어요. 저는 올해 무슨 일이 있어도 이 열매들을 가을까지 가져가 익힐 거예요."

"무슨 일이 있어도?"

"제 몸의 가지들이 다 부러져 나가는 한이 있더라도 열매를 지킬 거라고요."

바람이 더 가까이 다가오고 있었다. 할아버지나무는 걱정스러운 눈빛으로 작은나무를 바라보았다.

아침에 쏴아, 하고 다가온 바람의 느낌이 심상치 않았다. 그것은 잎 위에 후두둑 떨어지기 시작하는 빗방울과 함께 다가왔다. 빗줄기는 조금씩 거세지고, 바람 속에서 아주 멀고도 깊은 바다의 해초 냄새가 전해졌다.

"아주 큰 바람이구나. 높은 파도를 일으키며 불어온 바람이야."

할아버지나무가 작은나무에게 단단히 준비를 시키듯 말했다.

"황소 무릎을 꿇릴 만큼 센 바람인가요?"

"그만큼은 아니어도 작년에 불어온 것보다 더 무서운 바람 같구나."

그 말에 작은나무는 다시 긴장했다.

"이런 바람은 얼마 동안 불고 지나가나요?"

"장마는 여러 날 지리한 모습으로 우리를 지치게 하지. 그렇지만 이런 바람은 워낙 빨라 하룻낮이나 하룻밤 사이에 우리 몸을 다 흔들어 놓고 간단다."

"비가 점점 더 많이 내려요. 바람도 점점 더 거세지고요."

작은나무는 온 힘을 다해 다섯 개의 밤송이를 꽉 움켜잡았다. 그러면 그럴수록 빗줄기는 더욱 거세지고 바람은 한 치의 양보도 없이 있는 힘을 다해 작은나무를 흔들었다.

"몸을 숙여라."

그러나 작은나무는 그럴 수 없었다. 지난해 할아버지의 말대로 바람 앞에 고개를 숙여 몸을 흔들다가 자기도 모르는 순간에 밤송이를 잃었다.

"꼿꼿이 서 있지 말고 바람에 리듬을 맞추어라. 그게 너에게는 가장 안전해."

"싫어요."

"자꾸 그러면 가지 몇 개는 그냥 부러져 나가고 말아."

"그래도 싫어요."

"할아비 말을 들어야 해!"

"싫다니까요!"

지난번 장마 때처럼 작은나무는 다시 제 뜻을 굽히지 않았다. 바로 그 순간 엄청난 속도의 바람이 작은나무의 몸을 휘감아 왔다. 그저 한순간 훅, 하고 지나가는 바람이 아니었다. 몇 차례 거듭 맹렬한 속도로 정신을 차릴 수 없게 온몸을 휘감아 흔드는 바람이었다.

"얘야, 몸을 숙여라!"

"싫어요!"

할아버지나무도 작은나무도 꿈속에 소리를 지르듯 말했다. 작은나무는 할아버지나무의 말을 들었지만, 할아버지나무는 작은나무의 말을 듣지 못했다. 작은나무가 비명처럼 소리를 지르는 순간 마당 저편에 서 있는 나이 든 자두나무의 한쪽 가지가 딱 소리를 내며 부러져 나갔다. 그리고 제 비명에 놀라듯 작은나무의 밤송이 하나가 바람에 실려 공처럼 마당으로 날아갔다. 할아버지나무의 몸에서도 여러 개의 밤송이가 한꺼번에 후드득 떨어졌다.

"아, 내 열매……."

작은나무가 울음을 터뜨렸다. 그러나 사나운 바람이 먼저 작은나무의 울음소리를 집어삼켰다.

"지금 열매 하나를 잃은 게 문제가 아니다. 저기 자두나무를 보아라. 우리야 나이를 먹어서 그런다지만, 너희들은 몸만 잘 지키면 되는 거야."

"싫어요. 그래도 저는 끝까지 열매를 지킬 거예요."

"바람은 아직 삼분의 일도 지나가지 않았단다. 자두나무는 올해 수확을 끝냈다만, 저렇게 가지가 부러져 나가면 그 가지 끝의 열매가 무슨 소용이 있겠느냐?"

그래도 작은나무는 할아버지나무의 말이 귀에 들어오지 않았다. 오직 열매에만 온 정신이 가 있었다.

할아버지나무의 희생

"여보게, 자두나무, 괜찮은가?"

할아버지나무는 거센 바람 속에 목소리를 높여 마당 가의 오랜 친구를 불렀다. 서로 그렇게 이름을 부르는 것만으로도 힘이 되고 위로가 되는 사이였다.

"어르신, 이런 모습을 보여서 죄송합니다. 저도 이제 나이를 많이 먹어 다른 나무에게 자리를 내줄 때가 되었는가 봐요."

"무슨 얘기. 자네야 아직 더 이 집을 지켜야지."

바람은 정말 황소 무릎이라도 꿇릴 듯 무자비하게 불어왔다. 한순간 돌풍이 불어올 때마다 할아버지나무는 그 바람 앞에 갑옷의 비늘과도 같은 잎들을 내주었다. 아직 익지는 않았지만 주먹만큼 자란 밤송이도 내주었다. 마당과 텃밭의 다른 나무들도 그랬다. 여기저기 봉지를 씌운 배가 떨어져 깨지고, 사과와 석류가 떨어졌다. 감도 새파란 모습 그대로 연신 마당에 떨어져 굴러다녔다.

그래도 바람은 만족할 줄 몰랐다. 연신 이쪽으로 몰아치고 저쪽으로 몰아쳤다. 시간이 흐를수록 바람은 점점 난폭해지기만 했다. 텃밭 가의 감나무 가지 하나가 다시 비명을 지르며 부러져 나갔다.

할아버지나무는 작은나무가 너무도 위태로워 보였다. 비슷한 키의 자두나무와 산수유나무 들은 그냥 바람의 움직임에 몸을 맡기며 바람과 똑같이 흔들리고 있었다. 나무이지만 탄력을 이용해 풀처럼 눕고 풀처럼 일어서는 것이었다.

거기에 비해 작은나무는 평소에도 제 몸의 지탱이 힘들 만큼 큰 밤송이를 아직도 네 개나 달고 있었다.

"애야, 그러다간 네 몸이 꺾인다. 몸을 숙여!"

"싫어요. 그러면 바람이 한순간에 제 열매를 빼앗아 갈 거예요."

"가지가 없으면 열매도 없는 거야. 그렇게 버티다가 가지가 부러지면 내년에 달릴 열매도 함께 떨어져 나가."

"싫다니까요. 제 일에는 간섭 마시고 할아버지나 신경 쓰세요."

시간이 지날수록 바람은 더욱 심술궂게 이쪽저쪽으로 휘몰아쳐 왔다. 작은나무는 줄기가 꺾여도 좋다는 듯이 그 바람 앞에 이를 악물고 버티고 서 있었다. 그럴수록 불안한 것은 할아버지나무였다.

'아무래도 안 되겠어.'

할아버지나무는 마음이 다급해졌다. 작은나무가 말을 듣지 않는다고 그대로 내버려 둘 수는 없는 일이었다. 할아버지나무는 눈을 질끈 감고 작은나무 쪽을 향해 길게 뻗은 가지를 힘을 쭉 뺀 채 돌풍 앞으로 내밀었다.

하나, 둘, 셋……

그러길 몇 번 반복한 끝에 또 한 차례 거세게 불어온 바람 앞에 드디어 할아버지나무의 가지가 부러졌다. 부러진 가지는 할아버지나무의 바람대로 저만치 날아가 작은나무의 몸을 덮치듯 감싸 안았다.

"아악!"

작은나무가 놀라 비명을 질렀다.

"이제 견딜 만할 거다."

"저를 위해 일부러 가지를 부러뜨리신 거예요?"

"아니다. 바람이 너무 세구나. 정말 황소 무릎이라도 꿇리겠어."

"지금 제 몸엔 네 개의 밤송이가 달려 있어요. 그런 저를 위해 할아버지께선 수십 개도 넘는 밤송이가 달린 가지를 부러뜨리셨어요."

"그것은 내 몸의 큰 가지 하나보다 앞으로 네 몸의 작은 가지 하나가 더 소중하기 때문이란다. 그러니 내년부터는 네 몸을 스스로 잘 간수하도록 하렴."

태풍은 오후 늦게야 마을을 지나갔다. 할아버지나무가 굵은 가지까지 부러뜨려 감싸 안았는데도 작은나무는 다시 돌개바람 속에 밤송이 하나를 잃었다. 이제 남은 것은 세 개였다. 마지막 바람 속에 잃어버린 것이 가장 큰 밤송이었다.

세상은 언제 바람이 불었나 싶게 고요해졌다. 그러나 눈을 돌려 살펴보면 여기저기 가지가 부러진 나무와 바람에 떠밀려 뿌리가 뽑힌 나무들이 산에도 들에도 한둘이 아니었다. 마당 안의 식구들 가운데는 할아버지나무와 나이 든 자두나무, 감나무 하나가 가지가 부러졌다.

"할아버지, 괜히 저 때문에……."

"괜찮아. 그런 것 정도는 우리 나무의 일생에선 아무것도 아니란다."

"할아버지께서 그렇게 지켜 주셨는데도 저는 바람 앞에 큰 밤송이 두 개를 잃고 말았어요."

"몸이 성하면 됐지. 두고 보렴, 그 가지에 앞으로 두고두고 더 많은 열매가 달릴 게야."

뿌리 깊은 나무

바람이 완전히 지나간 다음에도 작은나무는 깊은 슬픔에 빠져 있었다. 그런 작은나무에게 할아버지나무는 위로하듯 조용한 목소리로 말을 걸었다.

"어느 해 큰 바람이 불어왔을 때란다. 그해는 비까지 엄청 내렸어. 집 앞 도랑이 산에서 내려온 물로 땅이 파여 나가고, 도랑 옆에선 자두나무가 뿌리째 뽑혀 쓰러지고 그랬지."

"황소 태풍이 불어올 때였나요?"

"아니, 바람보다 비가 더 무섭게 쏟아지던 해였단다. 그런데 도랑 가에 저절로 난 개똥참외 한 포기가 있었거든."

"나무도 쓰러질 정도였다면, 함께 떠내려가고 말았겠네요."

"할아비도 그럴 줄 알았지. 그런데 개똥참외가 도랑둑에 단단히 뿌리를 내리고, 줄기의 힘만으로 거센 물결 속에 자기 열매를 꼭 붙들어 지키는 거야. 열매는 급물살 위에 공처럼 동동 떠 있는데, 그걸 뿌리와 줄기의 힘으로 말이지."

"믿을 수가 없어요."

"홍수가 지나고 물이 빠진 풀밭에서 다시 열매를 익히는 개똥참외를 보았단다. 나무까지 쓸고 지나가는 홍수 속에 개똥참외가 열매를 지킬 수 있었던 건 바로 그렇게 든든하게 뿌리를 내렸던 때문이지."

"그래도 저는 열매를 놓쳤을 거예요."

"줄기가 꺾이지 않고 뿌리만 상하지 않으면 나무는 이미 어떤 재앙도 훌륭하게 이겨 낸 거란다. 이 세상에서 가장 뿌리 깊은 나무가 무슨 나무인지 아느냐?"

"잘 모르겠어요."

"그건 바로 우리 밤나무란다. 내년에도 후년에도 정신만 단단히 차리면, 어떤 바람이 불어오더라도 네가 박고 있는 뿌리가 땅속에서 너를 붙잡을 게야. 오늘 잃은 열매 몇 개는 지금 너를 지탱하고 있는 땅속의 뿌리에 비하면 아무것도 아니란다."

작은나무는 할아버지나무가 자신을 위로하기 위해 하는 말일 거라고 생각했다. 그러나 할아버지나무의 얼굴은 그보다 진지했다.

"네 나이가 여덟 살이라고 했지?"

"예, 할아버지."

"이제 눈물은 뚝 그치고 네 발밑을 잘 더듬어 보아라. 너를 처음 싹이 나게 하고 뿌리를 내리게 한 씨밤의 알맹이는 썩어 없어졌다 해도, 단단하고 매끈한 껍질은 아직 그대로 만져질 거다. 정말 그런지 아닌지 어디 만져 보렴."

작은나무는 할아버지나무가 시키는 대로 두 발로 조심조심 발밑을 더듬어 보았다. 그러자 정말 그곳에 아직 썩지 않고 남아 있는 씨밤의 껍질이 만져졌다.

"있느냐?"

"예. 팔 년이나 지났는데 어떻게 이럴 수가 있죠?"

작은나무는 조금 전의 슬픔 같은 것은 까마득히 잊고 말했다.

"그 씨밤은 지금 네 몸이기도 하고, 너를 키워 낸 네 아비의 몸이기도 하단다."

"정말 놀라워요."

"그것은 바로 우리가 밤나무이기 때문이란다."

"다시 말씀해 주세요. 제가 제 자신에 대해 더 잘 알 수 있도록요."

작은나무는 여전히 감격한 목소리로 말했다.

"풀이든 나무든 대개의 씨앗들은 떡잎부터 올라온 다음 뿌리를 내리지. 작은 솔 씨를 심어도, 그보다 큰 호박씨나 감 씨를 심어도 그렇단다. 그런데 우리 밤은 먼저 뿌리부터 내리기 시작한단다. 그리고 그 뿌리에서 줄기가 올라오는 거야. 그러니 처음부터 다른 나무보다 뿌리가 든든할 수밖에 없는 거지."

"우리 얘긴데도 전혀 몰랐어요."

"첫해에 뿌리와 줄기를 뻗어 나무 모양을 갖춘 다음에도 씨밤이 썩지 않고 땅속에 그대로 있단다. 그러다 다음 해 줄기가 더 크게 자라야 할 때 껍질만 남기곤 자기 몸의 영양을 다 내주는 거야."

"너무 신기해요. 그런데 저는 왜 그때의 일을 기억하지 못하는 걸까요?"

"어느 나무든 처음부터 모든 것을 다 아는 법은 없겠지. 나도 내 발밑에서 많은 밤나무들이 태어났다가 사라지는 것을 보면서 알게 된 일이란다. 한편으로 그런 모습을 보는 건 슬픈 일이지만, 그런 슬픔이 가르쳐 주는 반대편의 일도 있는 게지."

"그러면 지금 제 몸에 달려 있는 이 씨밤의 껍질은 언제까지 저와 함께 있나요?"

"아마 네가 제대로 첫 열매를 맺을 때까지는 너를 지켜보며 응원할 게다. 그런 다음 너의 모든 걸 믿고 조금씩 썩어 가며 사라지는 거지. 그것은 사람이나 산속의 짐승이 자기 자식을 사랑하는 것과 똑같은 일이란다. 자기 몸에서 또 하나의 생명이 뿌리를 내리는 순간 우리 밤은 그것을 자기 목숨보다 더 아끼며 스스로 거름이 되는 거란다. 네가 그 자리에 서 있는 것은 바로 그런 의미인 거야."

작은나무는 얼굴을 모르는 아버지나무에 대해 깊은 감사를 드렸다. 그리고 자신이 밤나무인 것이 너무도 자랑스러웠다.

"할아버지한테서 저한테로 이어지는 이 모든 일들이 저는 놀랍기만 해요."

"우리 나무의 뿌리는 우리 몸에 대한 이해와 땅에 대한 이해만큼 깊어지고 넓어진단다. 그리고 우리 몸은 개똥참외처럼 저마다의 뿌리만큼 든든하게 자라는 거고."

은혜로 세상을 살피는 참나무

지난여름 언제 장마가 들고 태풍이 왔느냐는 듯 들판의 곡식들이 누렇게 익어 가기 시작했다. 밤송이의 빛깔도 짙은 초록색에서 조금씩 누런색으로 바뀌어 갔다. 태풍이 불어올 때 작은나무의 몸을 덮어 주었던 할아버지나무의 가지는 이 집 주인이 마당 설거지를 하며 말끔하게 치워 주었다.

지금 작은나무에 달려 있는 밤송이는 두 개뿐이었다. 할아버지나무의 희생으로 태풍까지는 잘 견뎌 냈지만, 여름에서 가을로 넘어오는 길목에 밤송이 하나를 더 잃었다. 그것은 단단하게 여물지만 않았다 뿐이지 거의 다 자란 밤송이였다.

끝까지 지키려 했지만 그러지 못했다. 가을이 다가오자 밤송이마다 매일 더 많은 영양을 공급해 주어야 했다. 그러나 세 개 모두에

갑절의 영양을 공급해 주는 일이 작은나무는 갈수록 힘에 버거웠다. 이러다 며칠 못 가 지치고 말리라는 걸 작은나무도 장마와 태풍을 넘기며 스스로 알게 되었다.

"저는 올해 꼭 열매를 맺고 싶어요. 이제 제가 어떻게 해야 좋을지 할아버지 경험을 말씀해 주세요."

한결 철이 든 작은나무가 할아버지나무와 이 일을 의논했다.

"우리 나무의 일생에서 전부를 지키려다 전부를 잃는 것만큼 어리석은 일은 없단다. 제일 큰 열매는 지키고 두 번째 열매는 버려라."

작은나무는 할아버지나무가 첫마디부터 그렇게 냉정하게 말할 줄은 몰랐다.

"아깝기로 따지면 모두 마찬가지란다. 쉽지 않겠지만 그래도 그렇게 하렴."

"세 번째 열매는요?"

"그보다 큰 걸 버렸으니 그것도 힘껏 지켜야지."

작은나무는 할아버지나무의 의견을 존중하기로 했다. 그러면 열매를 이쪽 가지에 하나, 저쪽 가지에 하나씩만 남기는 셈이었다. 작은나무는 눈을 꼭 감고 중간 열매를 스스로 발밑에 떨어뜨렸다. 한결 몸이 가벼워지는 느낌이었다.

"이제 이해가 가요."

"뭐가 말이냐?"

"지난여름 할아버지께서 그러셨어요. 처음 열매를 준비할 때는 마지막 익을 때의 것과 비교해서 서너 배는 많이 가지고 시작하는 거라고요."

"그래, 그랬지."

"그러다 힘에 부치면 하나씩 덜어 내는 걸로 기운을 차리며 가을 까지 가는 거라고요."

"첫 열매로 두 개가 적은 것이 아니란다. 이제 그걸 잘 익히도록 해야지."

작은나무는 할아버지나무가 옆에서 든든한 모습으로 지켜봐 주는 것만으로도 큰 힘이 되는 것 같았다. 두 개의 밤송이 모두 잘 익힐 자신이 생겼다.

"내년부터는 그런 모든 일을 너 혼자 결정해야 한다."

"할아버지는요?"

"할아비도 이제 쉬어야지."

할아버지나무는 올 한 해에 겪는 모든 일들이 할아버지나무 생애에 마지막으로 겪는 일 같은 느낌을 봄부터 가지고 있었다. 귓가에 들리는 어치 소리 또한 그랬다.

"요즘 어치가 부쩍 눈에 띄는 걸 보니 가까운 산에 도토리가 한창인 모양이다."

조금씩 따가워지는 가을볕을 받으며 할아버지나무가 말했다. 어치는 참나무가 있는 곳이면 어디에서나 쉽게 볼 수 있는 새였다. 까마귀나 까치보다 조금 작은 새인데, 수십 마리씩, 때로는 그보다 더 많은 수로 떼를 지어 생활했다.

"저 새가 도토리를 워낙 좋아하거든."

할아버지나무는 이 집 부엌 바깥에 서서도 산속의 사정을 누구보다 잘 짐작하고 있었다. 해마다 온 산의 도토리가 다 익어 떨어진 다음에야 할아버지나무의 아람이 벌어졌다. 그 차이가 열흘쯤 되었다.

"저 새가 지키고 가꾸는 숲이 얼마나 큰지 아느냐?"

"어치가요?"

무슨 뜻인지 잘 모르겠다는 얼굴로 작은나무가 반문했다.

"산에 사는 어떤 새가 숲과 나무를 지킨다고 하면 그거야 충분히 그럴 일이라고 여기지. 숲 속에 사는 것만으로도 새는 숲을 지키는 거니까. 그런데 저 어치는 실제로 나무를 심어 숲을 가꾸는 새란다."

할아버지나무는 작은나무에게 어치에 대한 얘기를 들려주었다. 대부분의 새들은 먹이를 따로 저장하지 않았다. 그때그때 생기면 먹고, 없으면 그걸 찾아 온 산과 들을 헤맸다. 어치는 먹이를 저장하고 감추어 두는 습성이 있었다.

"수십 마리씩 무리를 지어 생활하면서도 자기만 아는 비밀 장소 여기저기에 열심히 도토리를 감추어 두는 게지. 그런데 이 집 주인도 가끔 자기가 물건 둔 데를 몰라 엉뚱한 데를 찾곤 하는데, 어치는 또 어떠할지 생각해 봐라."

"하하. 절반은 찾고 절반은 잊어버리겠어요."

"어치가 열심히 숨겨 놓고 잊어버린 도토리가 다음 해 싹을 틔우고, 그것이 다시 한 그루 한 그루 자라 거대한 참나무 숲으로 변해 가는 게지. 저 멀리 큰 산의 참나무 숲도 어치의 건망증으로 일 년에 수천 그루의 나무가 새로 생겨나고 있는 거란다."

"그 정도나요?"

"그 정도가 다 무어냐? 독일이라는 나라에 가면 '검은 숲'이라는 거대한 참나무 숲이 있다는구나. 얼마나 크고 아름다운지 그 나라가 대단한 자랑으로 내세우는 참나무 숲인데, 그것도 처음엔 어치가 가꾸어 넓힌 숲이었다는구나. 새의 건망증으로 숲이 자라났던 게지."

"그러면 어치는 나무를 심는 새네요."

"그래, 그렇게 불러도 되겠지. 그런데 이야기는 여기서 끝나는 게 아니란다. 이렇게 새가 가꾼 참나무가 새들과 세상에 어떻게 은혜를 갚는지 아니?"

"나무가 은혜도 갚나요?"

다시 작은나무가 믿을 수 없다는 얼굴로 할아버지나무를 또 한 번 쳐다보았다.

"그럼, 갚고말고. 옛날이야기에 나오는 까치나 학만 은혜를 갚는 게 아니란다. 우리 나무야말로 이 세상에 가장 올곧게 서 있는 목숨들이 아니더냐?"

그러고 보니 작은나무도 생각이 났다. 지난겨울 할아버지나무는 자기를 이 자리에 심어 준 그 사람에게 은혜도 갚고, 사람과 나무 사이의 깊은 우정도 나누었다고 했다.

"아, 맞아요."

"그건 나의 개인적인 은혜지만 참나무가 세상에 은혜를 갚는 것은 그보다 더 크고 아름다운 일이란다."

다시 할아버지나무가 말했다.

참나무에 열리는 도토리는 어느 해는 놀라울 정도로 많이 열리고, 또 어느 해는 아주 조금밖에 열리지 않았다. 많이 열리는 해에는, 참나무 숲에 저절로 생겨난 작은 구덩이와 폭우 때 물이 흐르며 파인 자리에까지 도토리가 가득 찰 정도였다.

밤나무도 해거리를 하고, 마당 가의 감나무와 자두나무도 해거리를 했다. 한 해 열매가 많이 열리면 그다음 해에는 조금밖에 열리지 않았다. 그런데 참나무의 해거리는 일정하지 않았다. 몇 해 계속 적게 열리기도 하고, 또 몇 해 계속 많이 열리기도 했다. 이상한 해거리였다.

할아버지나무는 그 얘기를 자신을 이곳에 심어 준 그 사람에게서 들었다. 그 사람은 그해 농사가 풍년이 들지 흉년이 들지를 산에 있는 참나무에 도토리가 달려 있는 모습을 보면 안다고 했다.

"옛날부터 사람들 사이에 전해 오는 얘기가 그렇다는구나. 산 위의 참나무가 들판을 내려다보면서 자기 짐작에 왠지 흉년이 들 것 같은 해는 일부러 꽃을 많이 피워 열매를 잔뜩 맺고, 풍년이 들 것 같은 해는 꽃을 적게 피워 열매도 적게 맺는다는 게야."

"왜요?"

"들농사 흉년이 들면 아무래도 사람이고 짐승이고 먹을 것이 부족할 거 아니냐? 그럴 때 제 몸의 도토리라도 풍년이 들게 해서 산 식구와 들 식구의 부족한 식량을 채워 주었던 거지."

"참나무가 정말 그런 생각으로 열매를 많이 맺은 걸까요?"

"어떤 사람은 이렇게 말하기도 하지. 우리 밤나무도 그렇지만 참나무도 가루받이가 잘되려면 꽃이 필 때 날씨가 좋아야 하거든."

"올해 우리가 가루받이를 할 땐 비가 왔어요."

"참나무가 가루받이를 할 때 날이 가물면 그해 봄은 물이 부족하기 마련이거든. 그래서 도토리가 풍년인 해엔 들농사가 흉년이고, 반대로 도토리가 흉년이면 들농사가 풍년이라는 게야."

"저도 그 얘기가 더 맞을 것 같아요."

"그렇지만 나이가 들면 먼저 말한 그 사람의 말이 더 옳게 느껴진단다. 들농사가 흉년일 때 더 많은 열매를 맺어 산 식구와 들 식구의 식량 걱정을 덜어 주는 참나무의 마음이 정말 따뜻하지 않느냐?"

"그건 할아버지와 그 사람이 세상을 아름답게 바라보기 때문인 거고요."

"한자리에 오래 서 있다 보면 우리 나무도 자기가 서 있는 산과 산의 마음을 닮아 가는 거란다. 나는 저기 어치를 보고, 아름드리 참나무를 볼 때마다 늘 그런 생각을 한단다."

"저는 지금 이 집 주인만 알지 그 사람을 본 적이 없어요. 그렇지만 할아버지를 바라보고 있으면 오랜 세월 동안 할아버지와 서로 닮은 그 사람의 얼굴이 보이는 것 같아요."

"그렇게 말해 주면 내가 오히려 고맙지."

"정말이에요, 할아버지. 저는 왠지 그 사람이 할아버지를 닮고, 할아버지가 그 사람을 닮은 것 같은 생각이 들어요."

"허허, 녀석도……."

할아버지나무와 작은나무가 다정하게 이야기를 나누는 가운데 가을볕이 따뜻하게 두 나무를 비추어 주었다.

두 개의 밤송이를 익히며

가을볕은 더욱 따뜻하고도 투명하게 세상을 비추었다. 온몸에 고슴도치처럼 뾰족뾰족한 가시를 달고 있는 밤송이들도 점점 누런색으로 변해 갔다.

"밤송이 속이 답답하고 막 가려워요."

"지난해엔 그런 경험을 못 했지?"

"예. 하나 남았던 게 여름에서 가을로 넘어오며 떨어졌어요."

"그건 장마나 태풍이 앗아간 게 아니라 지난해 네가 그걸 지켜낼 힘이 부족했던 게야. 그래도 올해는 자랑스럽게 첫 열매를 두 개나 지켜 냈구나."

"할아버지도 밤송이 속이 답답하고 가려우세요?"

"그래. 녀석들이 몸집을 다 키우고 나서 껍질을 점점 붉은색으로 물들여 가고 있거든. 곁에 있는 밤송이 껍질도 아람이 벌어질 준비를 하느라고 가려운 거고."

"제가 이렇게 할아버지와 똑같이 열매를 맺고 있다는 게 신기해요."

작은나무도 스스로의 모습이 대견스러웠지만, 할아버지나무도 작은나무를 대견스러운 눈길로 바라보았다.

"내년엔 더 많이 맺을 거란다. 열매에만 신경 쓰느라 내년 봄에 잎과 가지를 낼 자리를 소홀히 한 건 아니겠지?"

"아니에요. 할아버지 말씀을 듣고 잎눈도 충분히 준비해 두었어요."

"밤송이 안에 밤알이 몇 개씩 들었는지도 짐작이 가느냐?"

"바람을 견딜 때까지만 해도 느끼지 못했는데, 가을이 오니 조금씩 느껴져요."

"그래, 몇 개씩 들었느냐?"

"오른쪽 작은 밤송이 안에는 두 개가 들었고, 왼쪽 큰 밤송이 안에는 세 개가 들었어요."

"어이구, 실하구나. 보통 밤송이 안에는 삼 형제가 들어 있단다. 알밤이 두 개인 밤송이 안에도 또 하나의 쭉정이 형제가 있는 거야. 지금 작은 밤송이 안에 몇 번째 것이 쭉정이인지도 만져지느냐?"

"예. 세 개 중 가운데 것이 쭉정이에요. 그래서 양쪽 밤이 가운데

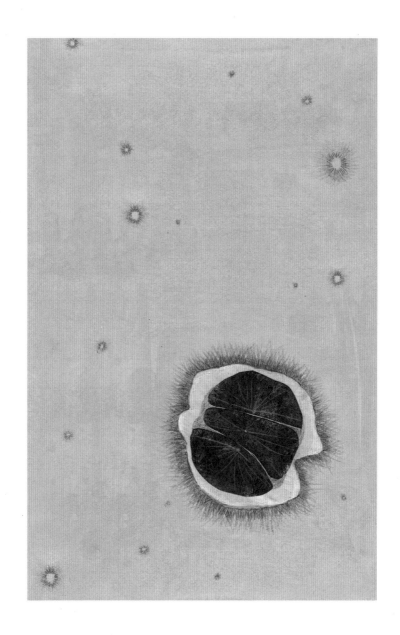

쭉정이를 향해 배를 볼록하게 내밀고 있어요."

"신기하지?"

"예."

"이제 사나흘 있으면 아람이 벌어질 게다. 그러면 가려운 것도 멈추고 밤알도 바깥세상과 인사를 하게 되지."

"닭이 알을 품어 병아리를 까는 것이 이런 걸까요?"

"어디 닭뿐이겠느냐? 나무도, 새도, 짐승도, 사람도 다 똑같은 마음이지."

먼저 아람을 벌린 것은 할아버지나무였다. 태풍이 불어올 때 큰 가지 하나를 부러뜨렸는데도 할아버지나무는 요 몇 년 중 가장 많은 열매를 달고 있었다. 밤송이가 많다 보니 먼저 아람을 벌린 것도 있고, 아직 푸른색을 띤 밤송이도 있었다. 할아버지나무가 힘에 부쳐 고루 영양을 주지 못했기 때문이었다. 그런데도 아람을 벌린 밤송이 안에는 갓난아기 주먹만 한 밤들이 가득 들어 있었다.

이틀 뒤 작은나무도 작은 밤송이부터 아람이 벌어졌다. 누군가 따뜻한 입김을 불어 넣기라도 한 듯 밤송이가 저절로 사 등분으로 벌어지며 새빨간 밤알이 바깥세상을 향해 얼굴을 내밀었다. 밤알들은 좁은 밤송이 안에서 둥지 안의 아기 새들처럼 저희끼리 재잘재잘 떠들었다. 작은나무의 밤알도 할아버지나무의 밤알만큼이나 굵었다.

"너희들, 밤송이 안에서 답답했니?"

작은나무는 밤송이 안의 밤알을 대견스럽게 바라보며 물었다.

"아뇨. 답답하지는 않았어요. 하지만 장마와 큰 바람이 불어왔을 때 떨어지면 어쩌나 조마조마했죠."

작은나무는 태풍에 떨어뜨린 밤송이를 생각했다.

'올해는 힘이 없어서 그 아이들을 떨어뜨렸지만 내년에는 절대 그런 아픔을 겪지 않을 거야. 그러기 위해서라도 더 깊게 뿌리를 내려야지. 더 곧게 줄기를 뻗고, 더 많은 잎을 피워야지.'

작은나무는 나무도 이렇게 무엇을 잃어 가면서 배우는 것이 있음을 알게 되었다. 스스로 생각해 보아도 여름과 가을을 거치면서 자신이 부쩍 자란 것 같았다.

마음으로 오래 기억하는 친구

작은나무가 아람을 가장 크게 벌리던 날이었다. 멀리 도회지에 사는 이 집 아들이 아내와 함께 어린 아들을 데리고 시골집으로 왔다. 그도 어린 시절 할아버지나무에서 난 밤을 먹고 자랐다.

며칠 전부터 작은나무는 올해 처음 맺은 열매를 누가 주워 갈까 하는 것만 생각했다. 이 집 주인이 주워 갈 수도 있고, 지나가는 다람쥐가 주워 갈 수도 있었다. 작은나무는 일생의 첫 열매인 만큼 자신이 오래 기억할 수 있는 사람이 주워 갔으면 좋겠다고 생각했다.

하늘은 맑고 바람까지 살랑살랑 불어왔다. 엄마 아빠를 따라온 어린 아들은 잠자리채를 들고 혼자 마당에서 놀다가 고추잠자리를 따라 부엌 바깥쪽으로 왔다. 고추잠자리가 작은나무의 가지 끝에 앉았다.

아이의 눈길이 온통 고추잠자리에게만 가 있었다. 아이가 잠자리 채를 내밀자 고추잠자리는 포르르 하늘로 날아올랐다.

"에구, 달아나네."

애쓰게 따라왔던 아이가 서운한 얼굴을 했다. 작은나무는 며칠 동안 마음속으로 기다렸던 사람이 저 아이일지 모르겠다고 생각했다.

"얘야, 그럼 대신 내가 이걸 줄게."

작은나무는 그때 막 불어온 바람의 힘을 빌려 작은 밤송이 안에 들어 있는 밤알 두 개를 아이 발밑에 떨어뜨렸다.

"어, 밤이다! 밤이 떨어지네."

아이는 얼른 다가와 작은나무 발밑에 떨어진 밤알을 주웠다.

"할아버지, 엄마, 아빠!"

아이는 마당으로 달려가 할아버지와 아빠를 불러왔다.

"할아버지, 이것 보세요. 여기 아기나무에 밤이 달려 있어요."

"아이고, 굵기도 하다. 우리 상준이가 이 나무의 첫 밤을 주웠구나."

"제가 보고 있는데 이렇게 똑 떨어졌어요."

아이는 주운 밤을 두 손에 받쳐 들었다.

"여기 하나 또 달려 있어요. 이거 따도 돼요?"

"그럼 따도 되지. 다 익었는걸."

아이는 잠자리채 끝으로 밤알 삼형제가 들어 있는 큰 밤송이를 툭 쳤다. 밤송이는 가지에 남고 밤알 세 개가 모두 땅으로 떨어졌다.

"와, 신 난다."

아이는 활짝 웃는 얼굴로 차례대로 밤을 주웠다. 너무 커서 한 손에 다 주울 수 없었다. 아이는 먼저 주운 것까지 밤 다섯 개를 잠자리채 안에 담았다.

"할아버지, 이만큼이에요."

"아이구, 많기도 하구나. 이제 이 나무는 우리 상준이 나무다."

"정말요?"

"그럼. 할아버지가 이 나무를 상준이에게 주마. 그러니 내년에도 이 나무의 밤은 상준이가 와서 꼭 따라. 알았지?"

"와아. 고맙습니다, 할아버지."

아이가 활짝 웃으며 손뼉을 쳤다.

"밤이 달려 있을 때든 달려 있지 않을 때든 할아버지 집에 올 때마다 이 나무가 잘 자라는지도 지켜보고."

"예, 할아버지. 나무야, 고마워. 이렇게 네 열매를 줘서."

작은나무도 아이를 향해 온몸의 가지를 흔들어 보였다. 그것은 이제까지 경험해 보지 못한 감동이었다. 작은나무의 가슴이 활짝 열리고 그 안에 평생 얼굴을 떠올리며 이름을 부를 친구가 들어온 것이었다.

"우리 상준이는 그걸로 무얼 할 생각이냐?"

아이의 할아버지가 물었다.

"그냥 간직하고 있을 거예요."

"그냥 가지고만 있어?"

"가지고 있다가 엄마 배 속에 있는 동생에게 자랑할 거예요."

"허허……."

"이다음에 동생이랑 함께 와서 이 밤을 딸 거예요."

아이의 할아버지와 아빠가 웃음을 터뜨렸다. 할아버지나무도 멀찌감치서 빙그레 웃으며 이 모습을 지켜보았다.

작은나무는 오늘 아이와의 만남을 영원히 잊지 못할 것 같았다. 아이도 제 손으로 처음 밤을 줍고 딴 일을 오래 기억할 것이다. 아이는 자기가 주운 밤이 신기한 듯 잠자리채 안에 손을 넣어 차례로 만지작거렸다.

"이제 우리는 친구가 된 건가요?"

아이가 마당으로 돌아간 뒤에 작은나무가 물었다. 작은나무는 아직도 쿵덕쿵덕 가슴이 뛰었다.

"그래. 저 아이는 이제 너를 잊지 못하겠지. 앞으로 이 집에 올 때마다 너를 둘러보러 올 게야. 또 그때마다 너에게 말을 걸어올 테고."

"생각만 해도 마음이 따뜻해져요."

"너도 앞으로 저 아이를 늘 그리워하겠지."

"이제부터 오래 함께할 친구가 생기니까 마음이 부자가 된 것 같아요."

작은나무는 이 일을 세상 모든 나무들에게 알리고 싶은 마음이었다.

"열매를 모두 떨어뜨리고 나니 허전하지는 않느냐?"

"그렇지 않아요. 이상하게 마음이 아주 뿌듯하고 좋아요."

"그래. 너는 올해 처음 맺은 열매를 네가 꼭 주고 싶은 사람에게 주었구나. 그리고 둘은 친구가 되었고. 친구는 멀리 있어도 서로 마음으로 힘을 주는 사이란다."

"저도 앞으로 자라면 할아버지처럼 매년 크고 많은 밤을 맺어 저 아이에게 줄 거예요."

작은나무는 이제 겨울에 눈이 많이 와 어깨가 무거워도 오늘 만난 친구를 생각하면 조금도 힘들 것 같지 않았다. 올해 왔던 장마가 다시 오고, 황소 무릎을 꿇리는 바람이 불어와도 친구에게 줄 밤을 생각하면 저절로 힘이 솟을 것 같았다. 올해보다 더 힘차고 굳세게 비와 바람을 이기고 밤송이를 지켜 나갈 것이었다.

작은나무는 그런 마음만으로도 벌써 친구의 응원을 받는 느낌이었다.

종이가 열리는 닥나무

가을이 깊을 대로 깊어 갔다. 밤알이 떨어진 다음 빈 껍질로 매달려 있던 밤송이들도 하나둘 발밑으로 떨어졌다. 할아버지나무는 봄에 마음먹었던 대로 근래에 가장 많은 수확을 올렸다. 이제 열매라면 더 이상 한이 없었다.

이 산 저 산을 울긋불긋 수놓았던 단풍도 어느 결에 떨어지고, 나무들 모두 앙상한 가지를 드러내고 있었다. 그러나 밤나무는 물기가 빠진 갈색 잎을 그대로 몸에 달고 있었다.

"우리는 언제 잎을 떨어뜨리나요?"

"내년 봄에 떨어뜨린단다."

"이번 가을이 아니고요?"

"다른 나무들이 고운 빛깔의 단풍을 자랑할 때 우리 밤나무 잎은 잠시 누런색을 띠다가 이내 갈색으로 말라 버리지. 그것을 겨우내 찬바람과 눈보라 속에서도 그대로 가지고 있다가 내년 봄에 새 잎이 날 때 떨어뜨리는 거란다."

"그렇게 늦게요?"

"우리가 잎을 오래 가지고 있는 건 잎 밑에 나 있는 겨울눈을 보호하기 위해서란다. 단풍은 비록 볼품없다 해도 우리 밤나무 잎은 내년에 나올 자기 동생들을 마지막까지 생각하는 거지."

"할아버지, 저도 내년을 위해 겨울잠 준비를 해야겠어요."

"그래, 그래야 봄이 편하지."

이 집도 부지런히 겨울 준비를 하는 모양이었다. 지난해처럼 무청 시래기를 짚으로 엮어 부엌 뒤쪽 처마 아래에 가지런히 걸어 놓았다. 언제나 그랬듯 절반은 눈 내린 날 노루가 내려와서 먹고 절반은 주인집 내외와 아들들이 가져다 먹었다.

겨우내 사랑 헛부엌에 군불을 지필 나무도 부엌 바깥쪽에 마련해 두었다. 예전에는 이 집에 있는 네 개의 아궁이 모두 나무를 땠지만, 지금은 사랑 헛부엌만 나무를 땠다. 그 나뭇가리가 할아버지나무 바로 옆에 있었다. 거기엔 태풍에 부러뜨린 할아버지나무의 한쪽 가지도 일정한 크기로 잘려 차곡차곡 쌓여 있고, 자두나무와 감나무 가지도 가지런히 정리되어 있었다.

"아니, 여보게."

할아버지나무는 나뭇가리 속에서 어떤 나무 하나를 발견하고는 깜짝 놀라 그를 불렀다.

"자네는 아래터 밭둑의 닥나무가 아닌가?"

"예, 맞습니다."

"자네도 지난여름에 상처를 입었는가?"

"아닙니다."

"그런데 왜 여기로 잘려 왔어? 자네처럼 귀하고 쓸모 많은 나무가⋯⋯."

이 집 텃밭 아래에 있는 밭둑엔 닥나무가 촘촘하게 심겨 있었다. 사람들은 어느 나무나 그 자리에서 저절로 나는 줄 알지만, 찔레 덤불 말고는 밭둑에 그렇게 저절로 나는 나무란 없었다.

아래터 밭둑의 닥나무도 그 사람이 이 산 저 산에서 파다 심은 나무들이었다. 약간 밋밋하게 경사진 밭둑에 드문드문 심어 놓았는데, 새끼의 새끼를 쳐서 밭둑 전체가 닥나무 줄기로 빼곡하게 채워졌다.

할아버지나무의 기억으로 해마다 찬 바람이 불어오면 이 집 마당 가에 짤랑짤랑 나귀의 방울 소리가 들렸다. 그 사람 손자들이 '조우(종이) 아저씨'라고 부르는 한지 공장 사람이 아래터 밭둑의 닥나무를 베러 오는 것이다.

"아이고, 어르신, 그동안 평안하셨습니까?"

"그래. 자네도 잘지냈는가?"

다른 나무는 한번 베어 버리면 다시 나기 힘들지만, 닥나무는 올해 새로 올라온 가지를 모두 베어 버리면 내년 봄에 새로운 가지들이 밑동에서 올라왔다. 그래서 매년 나무를 베어 내는데도 다음 해에 조우 아저씨가 다시 이 집을 찾아오는 것이었다.

조우 아저씨가 오면 그 사람은 우선 점심을 한 상 잘 차려 대접하게 했다. 이 집에 귀한 종이를 가져다주는 사람이기 때문이었다. 조우 아저씨만 그런 대접을 받는 게 아니라 수레를 끌고 온 나귀도이 집 가마에서 방금 끓인 따뜻한 말죽을 대접받았다.

점심을 먹고 난 다음 조우 아저씨는 아래터 밭둑과 또 다른 밭둑의 닥나무를 베어 수레 가득 싣고 떠났다. 나귀는 올 때처럼 떠날 때에도 짤랑짤랑 방울 소리를 울렸다.

이제 나무는 깊은 겨울잠에 빠져들었다. 잠결에도 할아버지나무는 다시 나귀의 방울 소리를 들었다. 설날이 보름쯤 앞으로 다가왔을 때 조우 아저씨가 또 한 번 짤랑짤랑 나귀 방울 소리를 울리며이 집을 찾아오는 것이었다.

"아이고, 어르신. 그동안 평안하셨습니까?"

"그래. 자네도 잘 지냈는가?"

조우 아저씨는 도배지처럼 둘둘 만 창호지 한 뭉치를 그 사람 앞에 내놓았다. 닥밭에서 닥을 베어 간 값이었다. 그 사람이 젊은 시절에는 문종이 한 장까지 귀하고 비쌌다. 그래서 밭둑에 닥나무를 심어 종이와 바꿔 쓴 것이 수십 년째 그대로 이어져 왔다.

"늘 고마우이. 이렇게 귀한 조우를 가져다줘서."

"고마운 사람이야 저지요. 우리 말고도 조우 뜨는 사람이 여럿 있는데, 어르신께서 늘 저한테 닥을 주셔서……."

"그래도 나무를 가져가고 조우를 가져오니 이게 또 얼마나 고마운 일인가? 내가 이걸 참 요긴하게 쓰고 있다네."

조우 아저씨의 마차가 언덕을 내려가면 그 사람은 아직 닥나무 냄새가 가시지 않은 창호지를 펼쳐 놓고, 한동네에 사는 일가친척들에게 보낼 종이를 어림 계산으로 나누었다. 묵은해가 가고 새해가 다가오는데, 이 종이로 새로 문을 바르라는 뜻이었다. 이 집 손자들은 신문 배달 소년처럼 옆구리에 창호지를 끼고 다니며 할아버지의 심부름을 했다.

지금도 그 사람의 손자들은 이 집에 모여 할아버지 얘기를 할 때마다 밤나무 이야기와 함께 닥나무 이야기를 했다.

종이가 아무리 귀하고 비싸도 마을 사람들 모두 지물포에서 사다 쓰는 것 말고는 방법이 없다고 여길 때, 할아버지는 종이가 열리는 나무를 밭둑 가득 심었다고. 아마도 그것은 어린 날 민둥산에 밤 다섯 말을 심은 할아버지만 할 수 있는 생각이었을 거라고. 돌아보면 밭둑에 심은 나무로부터 종이 한 장이 참으로 먼 길을 돌아 이 집으로 왔던 것이다.

지금 부엌 바깥 땔감 나뭇가리에 다른 나무들과 함께 가지런히 쌓여 있는 닥나무는 바로 그런 사연을 안고 있는 나무였다. 그러고 보니 할아버지나무도 오래도록 나귀의 방울 소리를 듣지 못했다.

"옛날 종이 공장들은 이제 모두 없어졌답니다. 닥나무 숲만 덩그렇게 남아 있지요."

"그랬구먼."

"그곳의 나이 든 나무들도 가끔 어르신처럼 나귀의 방울 소리 얘기를 하곤 하지요."

"그리고 보면 세월이 참 많이 바뀌었어. 종이 한 장이 오는 길도 달라지고, 내가 또 나이를 이렇게 많이 먹었고……."

깊은 잠을 준비하며

"졸려요, 할아버지."

"그래. 할아비도 졸립구나."

"이제 우리는 봄에 만나나요?"

"지난겨울처럼 도중에 깨어나지 않으면 그렇겠지."

"왠지 이번 겨울엔 깨지 않을 것 같아요. 처음 열매를 맺느라 힘을 너무 썼거든요."

"그래. 올해 정말이지 애를 참 많이 썼지. 할아비 야단도 대단했고. 우리 손자, 나중에라도 섭섭하게 생각하지 마라. 할아비가 다 너를 위해서 한 얘기니까."

"알아요, 할아버지."

"봄에 할아비보다 먼저 일어나더라도 놀라지 말고."

"그래도 할아버지께서 먼저 일어나실걸요."

"이제 너도 컸으니 네가 먼저 일어날 수도 있지."

할아버지나무는 모든 걸 작은나무에게 맡기고 떠날 수 있을 것 같았다. 한 해 동안 작은나무도 많이 자랐다. 봄보다 몸통도 부쩍 굵어지고, 마음도 한결 넓어졌다. 어떤 비바람이 몰아쳐도 굳세게 이겨 내고 자기 몸과 밤송이를 지켜 낼 힘도 길렀다.

"그런데 내 생각엔 말이다. 사람이든 나무든 나중에 하늘로 올라가면 거기 좋은 일을 하고 온 사람들이 참 많지 않겠니?"

"물론 그렇겠지요."

"그중에서 나무를 많이 심고 온 사람들은 어떻게 알아볼 수 있을까 모르겠구나."

"그건 손을 보면 금세 알 수 있겠죠. 나무를 많이 심은 사람들은 얼굴도 그렇지만 손도 참 인자하게 생겼을 거예요."

"그럴까?"

"그럼요. 나무를 심은 사람들이잖아요. 저는 나무를 많이 심은 사람들이 사는 마을도 쉽게 찾을 수 있을 것 같은데요."

"어떻게 말이냐?"

"그건 정말 쉬워요. 나무를 많이 심은 사람들은 하늘나라에서도 공기가 가장 맑고 향기로운 숲 속 마을에 살고 있을 테니까요."

작은나무는 이렇게 쉽게 아는 걸 할아버지나무는 며칠째 곰곰이 그 생각만 했다. 이제 하늘나라에 가도 가장 향기로운 숲 속 마을에 가면 다시 그 사람을 만날 수 있을 것이었다. 아마 거기에서도 그 사람은 밤나무를 심고, 감나무를 심고, 울타리처럼 자두나무와 석류나무를 심고, 경사진 밭둑에 닥나무를 심고 있을 것이다.

"할아버지, 이제 자야겠어요. 할아버지도 안녕히 주무세요."

"그래. 너도 잘 자고 일어나렴. 봄에 늦지 않게."

"예. 봄에 만나요, 할아버지."

작은나무는 졸음기 가득한 목소리로 대답하곤 어느새 스르르 잠속에 빠져들었다. 할아버지나무는 그런 작은나무의 얼굴을 오래도록 바라보았다.

'네가 내 뒤에 있어 마음이 든든하구나. 할아비는 너에게 모든 걸 맡기고 떠날 테니 부디 이 집의 주인 나무로 우뚝하게 자라다오. 새로 만난 친구와도 깊은 우정을 나누고. 하늘나라에 가서도 할아비가 여기 있을 때처럼 너를 지켜보마.'

다른 해보다 이르게 첫눈이 내리는 날이었다. 많은 눈은 아니지만, 하늘에서 내려온 흰 눈이 소록소록 마당에 쌓이고 있었다. 지붕 위에도, 마당 가 나무 위에도 흰 솜처럼 포근하게 눈이 쌓여 갔다.

할아버지나무는 저 아늑하고도 평화로운 풍경 속에 또 하나의 풍경처럼 조용히 눈을 감고 싶었다. 할아버지나무는 마당 안의 나무들을 둘러보며 차례차례 이름을 불러 보았다.

"매화나무, 앵두나무, 살구나무, 자두나무, 대추나무, 사과나무, 감나무, 산수유나무, 석류나무, 그리고 내 옆의 씩씩한 손자나무……."

그리고 저쪽 자두나무를 향해 마지막 작별 인사를 했다.

"여보게, 나 이제 그 사람을 만나러 먼 길을 떠나네."

이제 이 눈 속에 눈을 감으면 다시 일어나지 못할 것이었다. 할아버지나무는 마당 안의 모든 나무들을 재운 뒤 편안하고도 조용하게 눈을 감았다.

눈 속에 겨울이 깊어 가고 있었다.

또 하나의 풍경처럼 할아버지나무 위로 소록소록 눈이 내리고 있었다.

"여보게, 나무. 그동안 애 많이 썼네……."

할아버지나무의 깊은 잠 속에 하늘의 길이 열리고, 멀리서 그 사람의 목소리가 들려오는 것 같았다. 그 사람은 나무를 나무라 말하고, 나무를 친구라 부르던 사람이었다.

할아버지나무도 나무로 한평생을 살며 스스로 나무라는 것이, 그리고 나무라는 이름이 한없이 좋았다. 그래서 더없이 편안한 잠결 속에 마지막으로 자기의 이름을 불러 보았다.

"나무……."

 작가의 말

　내가 태어나고 자란 시골집에 커다란 밤나무 한 그루가 서 있습니다. 지금으로부터 백 년 전쯤 할아버지가 심은 나무입니다.

　할아버지는 그 나무보다 더 오래전, 우리나라가 힘이 없어 세계 여러 나라로부터 시달림을 받던 때 이 세상에 태어났습니다. 열세 살에 결혼하고, 이웃나라에 나라를 빼앗기던 해 온 산에 밤 다섯 말을 심었습니다. 바로 그때 심은 나무인데, 우리에겐 나무 이름도 할아버지나무입니다.

　할아버지는 밤나무 외에도 평생 참으로 많은 나무를 심었습니다. 가을마다 수백 접의 감이 열리고, 자두나무와 앵두나무 석류나무가 울타리를 대신했습니다. 뽕나무가 밭둑마다 늘어섰고, 종이가 아주 귀하던 시절 닥나무를 심어 종이와 바꾸어 썼습니다.

　다른 밤나무들은 모두 다음 나무들에게 자리를 내주고 세상을 떠났습니다. 이제 할아버지나무만 남았습니다. 밑동은 이미 썩어 들어가고, 이곳저곳에 여러 개의 구멍이 뚫려 있습니다. 해마다 내리는 눈에 가지도 수없이 부러졌습니다. 그 모든 것들이 할아버지나무가 살아온 오랜 세월의 상처이자 그런 시간을 헤쳐 나온 영광의 훈장 같습니다. 그런데도 가을마다 여전히 많은 밤을 떨어뜨립니다.

살아생전 할아버지에겐 둘도 없는 친구와도 같은 나무였습니다. 할아버지와 그 나무는 내게 사람과 나무가 오랜 우정을 나누는 친구가 될 수 있으며, 한 그루의 나무가 우리 인생의 큰 스승이 될 수 있다는 것을 가르쳐 주었습니다. 이 이야기는 그런 나무와 할아버지의 이야기입니다.

작가로서 어떤 글을 썼으면 좋겠느냐는 실문에 내 글에 몸을 바칠 푸른 나무들에게 부끄럽지 않은 글을 썼으면 좋겠다고 말해 왔습니다.

이 책을 할아버지와 나무에게, 그리고 진정 나무를 사랑하고, 나무와 이야기하며, 나무를 친구로 여기는 이 세상의 친구들에게 바칩니다.

이순원

나무 백 년을 함께한 친구

초판 1쇄 발행 2014년 5월 7일
초판 3쇄 발행 2018년 6월 1일

지은이 이순원
펴낸이 김선식

경영총괄 김은영
콘텐츠개발3팀장 윤세미 **콘텐츠개발3팀** 심아경, 강경선, 박화수
마케팅본부 이주화, 정명찬, 최혜령, 이고은, 김은지, 배시영, 유미정, 기명리
전략기획팀 김상윤
저작권팀 최하나, 추숙영
경영관리팀 허대우, 권송이, 윤이경, 임해랑, 김재경, 한유현

펴낸곳 다산북스   **출판등록** 2005년 12월 23일 제313-2005-00277호
주소 경기도 파주시 회동길 357 3층
전화 070-7606-7446(기획편집)
팩스 02-322-5717   **이메일** dasanbooks@dasanbooks.com
홈페이지 www.dasanbooks.com   **블로그** blog.naver.com/dasan_books
종이 한솔피엔에스   **출력·인쇄** 갑우문화사
ISBN 979-11-306-0275-2 (44810)
ISBN 978-89-6370-916-1 (세트)

다산북스(DASANBOOKS)는 독자 여러분의 책에 관한 아이디어와 원고 투고를 기쁜 마음으로 기다리고 있습니다.
책 출간을 원하는 아이디어가 있으신 분은 이메일 dasanbooks@dasanbooks.com 또는 다산북스 홈페이지 '투고원고'란으로
간단한 개요와 취지, 연락처 등을 보내 주세요. 머뭇거리지 말고 문을 두드리세요.